海禁の島

五十嵐力 IGARASHI Tsutomu

文芸社

目次

◆登場人物

葉子春《ようししゅん》　賤民である九姓漁民《きゅうせいぎょみん》の子、双嶼《そうしょ》で交易に携わる

道覚和尚《どうかくおしょう》　梅谷寺《ばいこくじ》の和尚、葉子春に書物を通じて知識を与える

孫茂七《そんもしち》　九姓漁民の子、葉子春を双嶼に誘う

趙昂《ちょうこう》（弥吉）　倭寇にさらわれて日本に行き、通事となる

許棟《きょとう》　双嶼を拠点にする密貿易者たちの頭

王直《おうちょく》　許棟の部下で双嶼の交易の金庫番、後に倭寇の巨頭となる

李剛《りごう》　南方との交易に携わり、倭寇として略奪も行う

沈一観《ちんいっかん》　蘇州の絹を扱う商人

沈徹《ちんてつ》　沈一観の父、商売を息子に託し、宮廷の政治工作を行う

釈寿光《しゃくじゅこう》　嘉靖《かせい》二十三年の遣明船の正使

策彦周良《さくげんしゅうりょう》　嘉靖二十六年の遣明船の正使

神屋新九郎《かみやしんくろう》　石見の銀を扱う博多の神屋一族の一人、明に交易に出かける

朱元璋《しゅげんしょう》　明の初代皇帝、廟号は太祖
張士誠《ちょうしせい》　元の末期、蘇州を本拠として朱元璋と争うが敗れる
陳友諒《ちんゆうりょう》　元の末期、長江中流を押さえて朱元璋と戦うが敗れる

朱紈《しゅがん》　倭寇を掃討する使命を受け双嶼を攻撃する明朝の官吏
魏震《ぎしん》　寧波の市舶司《しはくし》、遣明船対応の責任者
兪大猷《ゆたいゆう》　倭寇を掃討するため奮闘する明朝の官吏

ゴンサロ・ディアス　明国の市場開拓を目指すポルトガル人
アンドレ・サラザール　ゴンサロの補佐官
イレーヌ（柳圓圓《りゅうえんえん》）　ポルトガル語と漢語を話す通事
アントニオ・ダ・モッタ　ポルトガル人、漂流して種子島に行く
フランシスコ・ゼイモト　ポルトガル人、種子島で鉄砲を伝える

大友義鑑《おおともよしあき》　豊後の国の大名
大友義鎮《おおともよししげ》　大友義鑑の嫡男、義鑑を継いで豊後を治める、法号は宗麟《そうりん》

大内義隆《おおうちよしたか》　周防の国の大名、大友氏と西日本の覇権を争う

◆地名

寧波　現在の浙江省に位置し、古来海洋交易の都市。明朝の勘合貿易時代、日本が交易のために渡航を許された唯一の都市

双嶼　寧波の沖の六横島《りくおうとう》に所在する密貿易の港

厳州《げんしゅう》　銭塘江《せんとうこう》の上流に位置した明代の行政区。明朝を開いた朱元璋に敗れた陳友諒の配下が「九姓漁民」としてこの地に流された

蘇州　現在の江蘇省に位置し、絹織物により古くから繁栄した。経済的に豊かな地であることから、文人や中央の官僚を多く輩出した

盛澤鎮《せいたくちん》　蘇州の南に位置する絹織物の産地。蚕の神を祀る祠がある

マカオ　十六世紀にポルトガルが明朝との交易を開くため拠点づくりに努めた港町

浪白澳《ランパカウ》　マカオと並んでポルトガルが進出を企てた港町

府内　現在の大分県大分市。十六世紀には大友氏が支配する城下町であった

石見銀山　博多の商人神屋寿禎《じゅてい》が、十六世紀に本格的な開発を進めた日本有数の銀山

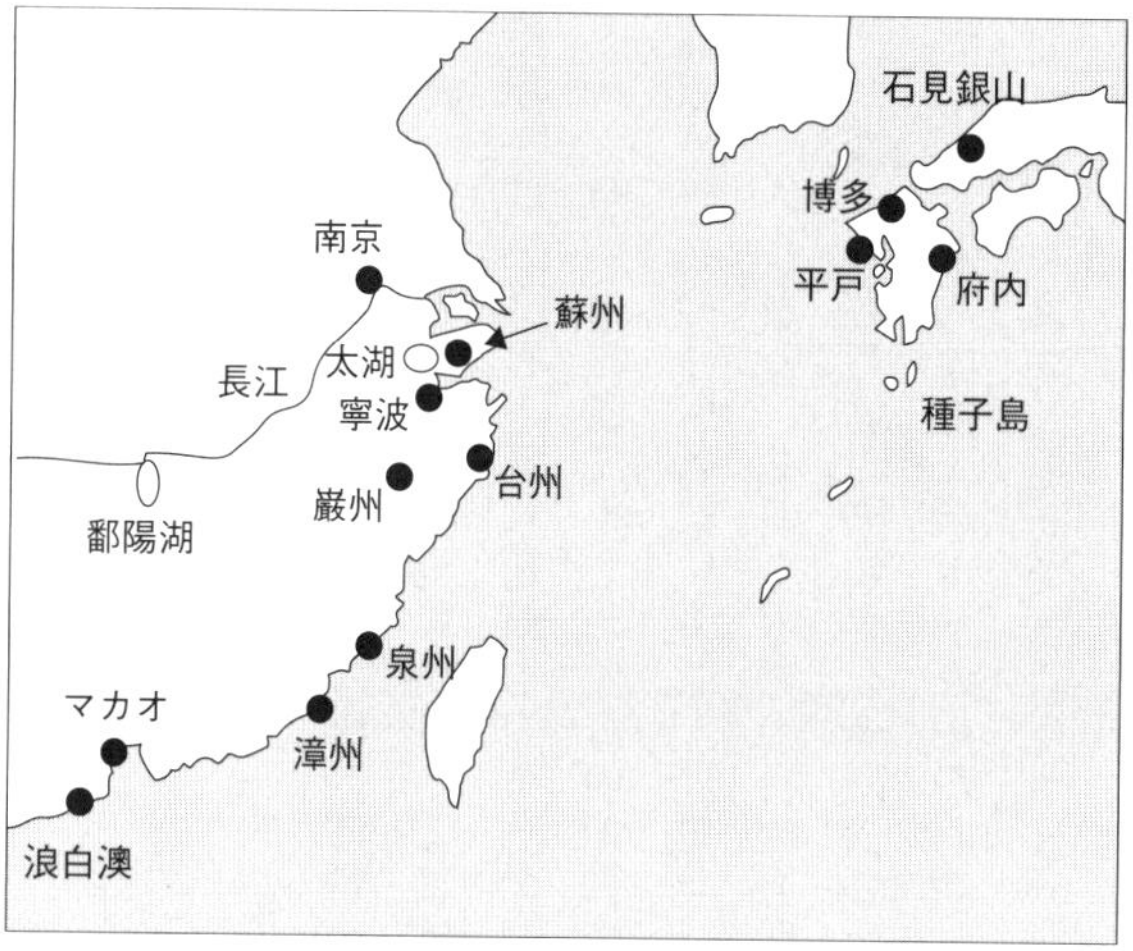

16世紀　明国近海

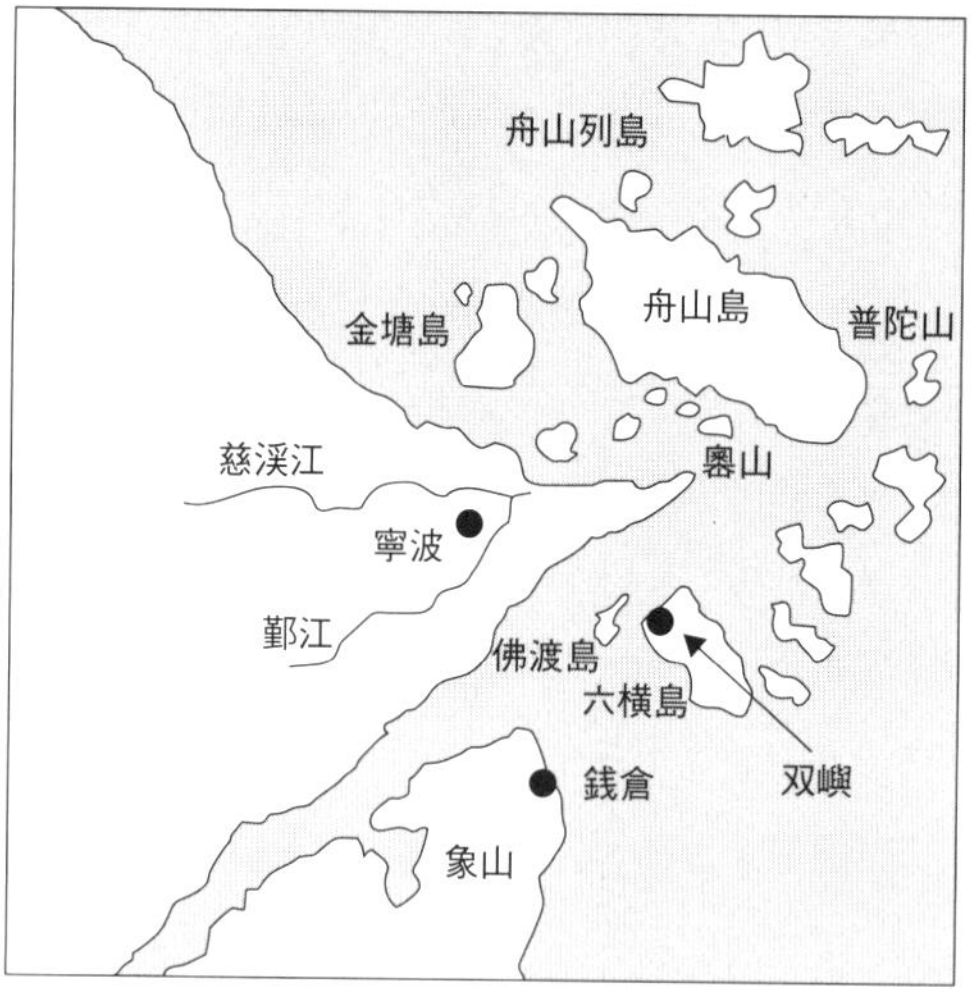

寧波　双嶼

海禁の島

第一話　梅谷寺の夕刻

葉子春《ようししゅん》は、五月の風を頬に受けながら、梅谷寺《ばいこくじ》参道の石段を上っていた。間もなく夕刻で、午後の日差しが斜めに石段を照らしている。参道に入る前の道の両側には、夏の花の百日紅《さるすべり》がもう赤い花をつけ始めており、苔むした石段の両側には、七葉樹《しちようじゅ》（トチノキ）の大きな木が何本も植えられて、白い花が陽の光を浴びて輝いている。花は美しいが、葉子春は、自分の姓が葉であるからか、子どもの頃より花より葉に興味を持っていた。さまざまな樹木に接するたびに、葉の形や、枝からの生え方がなぜこんなに違うのだろうと思う。特に石段両側の七葉樹の葉は、たとえれば人の掌に七本の指をつけて思い切り広げた形をしており、なんとも面白い。梅谷寺の道覚和尚《どうかくおしょう》に、

「奇妙な形の葉ですね」

と聞いたことがある。和尚は、葉を手に当てながら答えた。

「おまえはこの葉がどうしてこんな形をしているか知りたいようだが、わしはそんなことは知らん。だがな、この木はお釈迦様にとても深い縁があるのじゃ。印度に七葉窟という

大きな洞窟があってな、お釈迦様はその地で修行をされていたそうだ。入滅されてから随分年月が経つと、お釈迦様の教えに解釈の違いが出てきて、それを正すために弟子たちが皆で話そうとこの七葉窟に集まったのじゃ。七葉窟のある地には、そのとき全山この木の花が咲いていたという。だから仏の教えに帰依する者にとって、この木は大切なのだよ」

石段はまだ大分先まで続く。葉子春は土産に持ってきた出たばかりの楊梅《ようばい》（ヤマモモ）の袋を抱え、少し汗ばみながら歩を進めた。素足に湿った石の冷たさが伝わる。

葉子春は今年で十七歳になる。小さい頃はやせ細っていたが、ここ数年立派な体つきになった。特に櫓を漕ぐ腕と肩には肉が盛り上がっている。反面顔つきは優しく、滅多に声を荒らげたりしない。

彼の生活はほとんど川の舟の上で、陸に上がる機会は少ない。その少ない時間を使って梅谷寺に来て、道覚和尚が持っている書物を使って教えを受ける。舟の上で暮らす者たちにとっては学問など要らぬ、と考える親がほとんどだが、葉子春の父は、この子にだけは書物に接する機会を与えたいと道覚和尚に頼み込んだ。貯えたわずかな金で寺に布施もした。おかげで、今普通の読み書きには不自由しない。舟で生活するということは、普段舟を係留する場所は持つものの、魚を捕《と》るにしても、荷を運ぶにしても川の上流、下流へと大きく移動する。それも数日、数週間かかることが多い。だから梅谷寺に足を運ぶ機会がたびたびあるわけではない。先月訪れた時には、和尚は陶淵明《とうえんめい》の『桃花源記《とうかげんき》』を読んでくれた。秦の時代に戦乱を避けた村人たちが山奥に入り、外界と接触を絶って数百年もの間暮らす。ある時漁を生業《なりわい》とする男が、桃の花が咲くその村に迷い込んだら、村人はその男に、「今は何という時代かな」と尋ねる。驚いたことに村人たちは漢の時代があったことも知らない。男はその村から自分の家に戻り、再びその村を訪ねようとしたが、いくら探しても見つからない。

葉子春はよくできた話だと思う反面、元朝から明朝に移り変わる混乱を逃れて村ごと移住した民が、この山の向こうにひょっとしたらいるかもしれないと思いながらその日は寺をあとにした。

葉子春が石段を上っている梅谷寺は、現在でいえば中国浙江省の西部にあり、銭塘江《せんとうこう》の上流に位置する。銭塘江は安徽省《あんきしょう》の南にある黄山《こうざん》付近に源を発し、浙江省の北部を西から東に流れ、杭州湾に注ぐ。一番上流は新安江《しんあんこう》と呼ばれ、南からの蘭江《らんこう》と合流する中流の地点で富春江《ふしゅんこう》と名を変え、最下流で再度呼び方を変え銭塘江となる。銭塘江の水系を辿ると、西北に安徽省、西に江西省、南に福建省の町々と繋がり、古《いにしえ》より水運が盛んであった。

時は明朝半ばの十六世紀である。梅谷寺が位置した地は当時厳州《げんしゅう》と呼ばれており、新安江が富春江に変わる地域一帯がその管轄下にあった。

「おお、葉子春か。額や頬が少し黒くなったな。大分遠くまで舟を出していたのか」

境内を大きな竹箒で掃きながら、道覚和尚が声をかけてきた。

「いえ、下流の桐廬《とうろ》まで荷を運んだだけですが、少し前に降った雨で流れがきつく、帰ってくるのに少し時間がかかりました。おまけに雨の後の日差しが強く、すっかり焼けてしまいました」

「そうか、まあ庫裡《くり》に上がりなさい。ところでな、今日は書を読むのは、なしじゃ」

「そうですか、何かお取り込みの事情でもおありですか」

「そうではない。だが思わぬ訪れ人があってな。今、裏で墓参りをしておるが、その後少し話を聞きたいのじゃ」

「そうですか。それでは、また日を改めましょう」

「いや、おまえもいつも来られるわけではないからな。そうじゃ。その男と一緒に話をしよう。ただ、その男は、この地であまり人目に触れたくないという。だから、ここであったことは他言無用じゃ。よいかな」

「分かりました」

　薄日が入り込む夕刻が迫った庫裡の中でしばらく待つと、墓参りを終えた男が和尚と一緒に入ってきた。

「子春、おまえのことはこの男によく話しておいた。一緒でいいと言っている」

　男は葉子春に向かって言葉をかけた。

「孫茂七《そんもしち》だ。葉さんの二番目の息子に子春という小さい子がいたのは記憶があるが、それがおまえか。大きくなったな」

　葉子春は一瞬驚いた。自分を知っている。しかし、自分は相手を覚えていない。年は十いくつか上のようだ。きっとまだ幼い頃に父の舟に来たのだろう。孫茂七と名乗ったその男は、葉子春よりはるかに日焼けをした額を薄く汗で光らせ、髪を長く伸ばし後頭で括っている。丸く大きな目でじろりと睨む面構えは、一癖も二癖もありそうだ。

「おまえが小さい頃、わしも新安江の舟の上で暮らしていたが、おまえの年頃に思うところがあってな、海に出たのだ」

「海というと、寧波《ねいは》の付近で魚を捕ったりして暮らしていたのですか」

「そうではない。和尚はおまえの口が堅いというので話すが、もっと南へ行って商売をしてきたのだ」

「南というと……」

「満剌加（現在のマラッカ。以下マラッカと記す）というところだ。寧波から南に出て、さらに泉州からは海岸に沿って一月以上南に下る。長い半島の南の端をぐるりと回って少し北に上がった町だ」

「しかし、海に出て、国の外に行くのはご法度ではないのですか」

「だから俺は和尚におまえの口が堅いかどうか聞いたのだ。確かに勝手に国を離れて交易などしてはいかん。これは明朝ができた時からの決まりだ。だけどな、寧波より南の台州、温州、福州の民にとって、元朝の時代に自由に交易できたのを急に止められても、どうやって暮らしてよいか途方に暮れるだけだ。だから皆目立たぬように海に出ては、南にある国や町と交易して暮らしている。役人もそのへんのことはよく分かっているので、よほどのことがない限り、取り締まりは行わない」

「わしも海禁という策はおかしいと思うのじゃ」

　和尚も口を挟んだ。茂七の話は続く。

「俺がこの地を離れマラッカに向かったのは十二年前で、きっかけは、新安江の上流にある徽州《きしゅう》で許《きょ》兄弟に出会ったことだ。許は四人兄弟で、許二と許三の二人が先にマラッカに向かい、一番上の許一と一番下の許四が徽州に残り、連絡を取りながら交易の品物を運んでいた。いろいろな品物を手掛けたそうだが、一番利があるのが生糸だ。だが、その商売を広げるためにはもう少し人手が要る。徽州に行ったとき、許一に声をかけられ、俺もマラッカ行きを決めた。俺は名前のとおり七人兄弟の一番下で、ここの舟の上で暮らしていても先があまり見通せないのでな」

　葉子春は尋ねた。

「それで、どうして戻ってきたのですか」

「徽州の許兄弟が俺の親父が亡くなったらしい、という消息を伝えてくれたからだ。もう故郷には帰るまいと思っていたのだが、親父が亡くなったと聞いて急に悲しくなった。墓参りの一つもできなくては一生後悔する、そう思って帰ってきた」

「マラッカというところは住みやすいところですか」

「そうだな。住みやすいとはなかなか言えない。とにかく暑い。年中じめじめしている。食べ物を部屋に置いておくと、半日もしない間に蟻が真っ黒に覆いつくす。大きい木々が生い茂り、蚊が多い。蚊に刺されると熱病になることもある。毒蛇もいる。田んぼもないので、米を爪哇《ジャワ》からわざわざ運んでこなければならん。大雨も降るし、大風も吹く」

「そんなところに住んで、何が面白いのですか」

「それは交易だ。品物を運んで売りさばき、利を得る。それを元手にさらに品物を仕入れ、売り先を探す。何度か繰り返すうちに元手が数倍、数十倍に膨れ上がる。この面白さが分かったら、毒蛇や大風は怖くない」

「何を運んでいるのですか」

「まずは胡椒だ。これがあれば肉が多少古くなっても美味く食える。それから蘇木《そぼく》という木があってな、これは薬の材料にもなれば染料にもなる。象牙も欲しいという奴が多い。胡椒も蘇木も象牙もマラッカから明の港に運べばいい商売になる。その帰りに積み込むのが生糸だ。これはマラッカでは高値がつく。あちこちの品物がみなマラッカに集まり、そして欲しい奴のもとに運ばれる。とにかく面白いところだ」

「茂七さんのように、こちらから行った人は多くいるのですか」

「浙江や福建からいろんな事情で流れてきた奴が多い。それにおまえが見たこともないような、金色の髪で青い目をした男たちもいる。俺たちは仏狼機《ふらんき》（ポルトガル人などを指す）と呼んでいるがな」

当時のマラッカは、事実上ポルトガルの支配する地であった。十五世紀にはマレー人による王国がここにつくられ、明朝に朝貢を行っていたが、十六世紀の前半に、印度のゴアから東に進出したポルトガルに軍事制圧された。ポルトガルはマラッカを拠点にさらに東に進んで明国に拠点づくりを行っているところであり、中継貿易港となったマラッカは、印度や琉球からの船もやって来て、数か国語の言葉が入り乱れていた。

「そしてまたマラッカに戻るのですか」

「いや、そうではない。帰ったのは、確かに墓参りが一番の目的だが、もう一つ考えがあってな。今の仕事を伸ばすために、別なところに行こうとも思っている。そうだ、おまえも次男で、いずれ家を離れるのだろう。どうだ、行かないか」

「どこへ行くんです」

「それは今言えない。だけどその気になったら連絡してくれ。厳州府から二里ばかり離れた上流の船着き場に船を留めている兄に連絡してくれ。一月ばかりはこの辺にいる」

黙って聞いていた和尚は、庫裡の奥に入り少ししてから湯気の立つ粥の入った鉄鍋を持って戻ってきた。

「今日は粥しかないがな。子春が持ってきた楊梅と、茂七が持ってきた山竹（マンゴスティン）という珍しい果物がある。大分暗くなってきたから、まず粥でも啜ろう」

茂七は思うところがあって、自分と同じ年頃でこの地を離れて海を渡った、と言う。思うところ――とは何か。それは本人に改めて聞かねば分からないが、子春にも日々の生活を送る中で、ふとこれでいいのか――と思うときがある。心の中でもやもやしている原因の底にあるのが、舟から離れられないという定めだ。

数年前に、なぜ陸《おか》で暮らしてはいけないのか、と父に尋ねたことがある。

「それが定めだから」

としか答えてくれない。死んだら墓は陸で造ってもいいが、陸の家で住むことはできない、と言う。墓を造るときも普通の寺は簡単に受け入れてくれない。舟で暮らす連中の墓と一緒の寺はいやだと言われるのを嫌う。ただ梅谷寺は、道覚和尚になってから積極的に舟の民の墓を受け入れてくれた。今では舟民の寺とも呼ばれる。

「死んだ者に身分などない。丁重に葬り、墓を守るのがわしの仕事じゃ」

と和尚は言う。道覚和尚はかくして水の上で暮らす者に慕われた。一方、父は昔ながらの定めに固執する。年頃になった子春にこうも言う。

「陸のおなごと知り合ってはいかん。結ばれんのだからな」

「なぜ」

と聞くと、

「それが定めだからじゃ」

としか答えてくれない。一体どうしてだ。誰も教えてくれないし、触れようともしない。舟の上で暮らすのがそれほど辛いかといえば、必ずしもそうではない。暑い日も、寒い風が吹く日も、日々田を耕している農民の姿を見ると、どちらが良いとは簡単に言えない。ただ、してはならない、ということが多すぎる。舟に住む子春たちは、魚を売るときと、荷物を届けたりするときには陸に上がって良いが、必ず裸足でなければならない。どうして裸足でなければいけないのか、と父に聞いても、

「それが定め」

という答えしか返ってこない。茂七もひょっとすると同じような悩みを持ったのかもしれない。


茂七と和尚とはもう少し話がありそうなので、子春は話を切り上げて寺の山門を出た。茂七の話は、最初軽い気持ちで聞いていたが、だんだん引き込まれていった。ほぼ同じ年で大きな決心をして、自分の道を切り開こうとした茂七に敬意と、軽い嫉妬のような感情も抱いた。なによりも、

「思うところがあって海に出た」

という言葉が耳に残る。子春は淡い月の光を仰ぎながら、百日紅の香りが漂う夜道を新安江に浮かぶ我が家の舟に向かった。

第二話　九姓漁民と白鰱漁

五月初旬の朝は時々ひんやりとするが、中旬になると冷気は去る。川面の風も湿気を帯び、冬から初春にかけてかさかさしていた肌が、いつの間にか汗で湿っている。梅谷寺に行った翌日、ゆったりとした舟の揺れを体で感じながら葉子春は目を覚ました。舟の小窓を少し開けると、東の山際から姿を見せたばかりの陽の光が差し込む。

葉子春の住処となる舟は二艘あり、一つは大きく、幅も広い。屋根を張り、側面の左右に小窓をつけて明かりを取り、中で家族が生活する。葉子春の一家は五人で、父の甫《ほ》、母の姚宛《ようえん》、兄の南《なん》、妹の緑汀《りょくてい》。舟の中の簡単な寝具を片付けると、そこが食事の場となる。陸上のやや大きめな一部屋の広さである。もう一艘はやや小ぶりで、漁と荷物の運漕に使う。父と兄は巌州府の荷を下流の富陽まで運ぶために、二人で数日前からこの住処を離れている。葉子春の家の舟を係留している船着き場一帯には二十家族が住んでおり、すべて葉氏と許氏と林氏の親族である。付近にはいくつもの船着き場があるが、大体二つか三つの親族が一つの船着き場を占めており、互いに連絡を取りながら、漁や荷物の運漕で生計を成り立たせている。

起きがけに母が子春に声をかけてきた。

「陳さんところの亮一さんが、肩を打って数日漁ができんらしい。陳のじい様が、手助けしてほしいと昨日言ってきてな。おまえが梅谷寺に行っていた時だったので、分かりましたと返事しておいた。もうすぐ、じい様が舟でおまえを迎えに来るから、今日は陳さんところの漁を手伝ってくれ」

陳家の船着き場は、ここから少し上流にあり、父は運漕の仕事でいつも陳家に世話になっている。今日は陳家の親族と、何家の親族の十数艘で一緒に追い込みの漁をするという。陳のじい様はまだ舟を漕げるが、網も重いので若い男の力が要る。葉子春が熱い粥に塩の利いた漬け菜で朝飯をすますと、低い櫓の音を川面に響かせながら、じい様が舟を寄せてきた。

「子春、すまんのう。亮一が荷を届けた帰りの坂道で、滑って肩を痛めてしまった。腫れはひいたが右手がどうしても上がらんという。今日は追い込みの漁なので、どうしても人手が要る。それで頼んだのじゃ」

「分かりました。ちょうど今日は用事がなかったので、お手伝いします。じい様と一緒に漁をするのは初めてですね」

本流である新安江が、蘭江と交わり富春江と名を変える付近は川幅が広く、向こう岸の人の姿は点にしか見えない。この川には、鯉や白鰱《はくれん》、黒鰱《こくれん》など子どもの体ほどの大きな魚が潜む。六月から七月になると白鰱が産卵のためにこの付近に集まり、水面に豪快な跳躍を見せる。時には数十匹が交互に水面から跳ね上がり、煌めく陽のもとで白い魚体をくねらせる。葉子春は子どもの頃からその光景を見ているが、何度見ても魚の生命力に驚かされる。今は産卵前の時期で、今日の漁は新安江の少し上流地点で行うという。

陳一族の六艘と、何一族の七艘が前後しながら新安江を遡って進んだ。川のどこに、いつ、どんな魚がいるかを知ることは、漁をする者にとって一番大切なことであり、その知識と洞察力の差が漁を左右する。多少経験を積んだつもりでも、水量、水温が少し違っただけで魚の居場所は変わってしまう。この付近では、陳のじい様が魚の居場所を一番知っているという。今日は、白鰱と黒鰱を狙うというが、どのあたりに行くのだろうか。

両岸が少し小高い山で囲まれ、新安江の流れが東から南に変わるあたりで漁は始まった。四艘の舟が下流の右岸近くで流れを受けて網を張り、九艘の舟が上流の両岸から川面を竹で叩きながら、その網に向けて少しずつ魚を追い込む。九艘の連携をうまく保ち、舟を等間隔に保って進まないと魚は逃げてしまう。流心にある舟はできるだけ速さを控え、川岸近くの舟は少し急ぐ。漁を続けると、川岸近くの一艘の舟から歌声が上がった。

　許の娘は今年ではたち
　林の娘も今年ではたち

それに応えて、前後の舟からも歌声が聞こえる。

　おやじがやかましく話もできぬ
　おっかあもうるさく手もにぎれぬ
　そりゃうそ八百だぁ
　こんな貧乏じゃもてねえからな
　ワッハー、ワッハー、ワッハーハー

歌が終わると、皆の表情が緩んでくる。もう一回同じ歌を歌った後に、今度は陳のじい様が高らかな声で歌いだした。

　おれ様はな　巌州　川で育って七十歳
　水の上で年中暮らし　住処は苫の舟
　その昔にゃ　朱洪武《しゅこうぶ》を負かしたぜ

　二百年前　そりゃ威勢が良かったわい

葉子春は驚いた。自分たちも漁をする時よく歌うが、この歌は初めてだ。隣の舟から、そしてその隣の舟からも、

　その昔にゃ　朱洪武を負かしたぜ
　二百年前　そりゃ威勢が良かったわい

と繰り返し、同じ歌が返ってくる。朱洪武とは明朝の初代皇帝朱元璋《しゅげんしょう》のことである。こんな歌を歌ったら、役人が飛んできてすぐ捕まえられると葉子春は思ったが、この漁場は両岸が小山で人家も道もなく、全く人影は見えない。

なるほど、場所を選んで歌っているのだ——と、納得した。

漁は佳境を迎えており、魚の群れを上流から徐々に追い込んだ舟が、待機している四艘の舟の網の端を左右で受け取り、次から次へとほかの舟に渡し、どんどん囲みを狭めている。水面近くを必死に泳ぎ回る魚の姿も見えてきた。そのうち、川面を跳躍する白鰱の姿も見え始めた。大漁だ。さすが陳のじい様の目は確かだ。十三艘の舟で囲まれた水面はぐんぐん小さな輪となっていき、色が白い白蓮に交じって茶黒色の黒鰱も見える。何家の若者が、

「そーら」

と声をかけると、全部で三十人ほどの男たちが、

「えーいや」

と大声で応えながら網を引く。葉子春もその一人となって網を引くが、相当多くの魚が入ったとみえ、網はなかなか上がらない。やっと全部引き上げた時、男たちは安堵の表情で見つめ合った。


大漁の魚を積んで帰る舟の中で、葉子春は陳のじい様に歌のことを聞いた。

「じい様、朱洪武を負かしたぜ、というあの歌はなんですか。聞いたことがない」

じい様はあきれ顔で答えた。

「馬鹿者、あの歌を知らないで、ここでよく漁ができるな」

そして、ふと思い出したように呟いた。

「そうか、おまえの親父が、皆と違ったやり方で息子を育てていると言ったが、そういうことか。でもな、それじゃいかん。九姓《きゅうせい》の子は、九姓じゃ。今日はわしの舟で夕飯を食って帰れ。食いながらゆっくり話してやる」

太陽が大分西に傾く頃、陳一家と何一家の舟は彼らの船着き場に着いた。

捕れたばかりの大きな白鰱をぶつ切りにして、葱、生姜、大蒜《にんにく》を使って大鍋で軽く炒めた後、じっくり煮込むと、湯気が立ちのぼる夕食ができた。白鰱の身を箸でほぐしながら陳のじい様が葉子春に語りかけた。

「元朝の終わりの頃、明朝が成立するまでに、太祖の朱元璋が張士誠《ちょうしせい》と陳友諒《ちんゆうりょう》と激しい戦いをしたことは知っているだろう」

「知っています。長江の流域で三つ巴となって戦い、最後は朱元璋が張士誠と陳友諒を破り、明朝を開いた」

「そうだ、あの乞食坊主が皇帝になったのじゃ。でもな、その時、東北の風が吹かなきゃ、天下は陳友諒のものになっていただろう。そうすりゃ、俺たちは今頃都で豪勢な暮らしをしていたかもしれん。ワハハ」

　草原から国を興した元朝は、世祖クビライ汗亡き後、半世紀もしないうちにその土台骨が揺るぎ始めた。異常な気候も追い打ちをかけ、各地で農民の反乱が勃発した。彼らは目印として赤い布を頭に巻いて行動したため紅巾賊《こうきん》と呼ばれ、白蓮教信徒を中心とした。一方、宗教色を帯びない反乱集団も現れ、紅巾賊とあい乱れて元朝の役所や食料保管所を襲った。反乱集団は元朝に対抗しつつ、相互にも衝突を繰り返した。貧しい農民や、元朝の物資を輸送して苦しい生活を送っていた者たちが反乱の前線に立ち、それを異民族である元朝のもとで苦汁を舐めてきた漢民族の商人たちが支える。元朝は反乱を押さえきれず、徐々に北に後退していった。反乱集団間の抗争で最後に残ったのが、朱元璋と張士誠と陳友諒である。三者はいずれも長江沿いに拠点を構えた。長江中流には陳友諒、下流には張士誠、そしてその中間には朱元璋である。さらに張士誠は蘇州、朱元璋は南京を押さえ、戦いの資金を商人から調達した。

「張士誠は蘇州で随分羽振りの良い暮らしをしていたそうですね」

葉子春は陳のじい様に尋ねた。

「まるでもう天下を取ったと言わんばかりの振る舞いだった。なにしろ一番豊かな蘇州を支配したのだ。蘇州の商人が、漢人の世が戻ってくると期待して張士誠を支えた。だがすぐ蘇州の商人は気がついた。張士誠に天下を取る野心がないことを。蘇州で美女に囲まれて、商人をゆすって金を巻き上げていればそれでいい、というくらいの男だった。それを朱元璋は見抜いた」

「どういうことですか」

「いいか、朱元璋は長江の上流を陳友諒に、下流を張士誠に挟まれている。上流の陳友諒と戦えば、背後を張士誠に狙われ、下流の張士誠を襲えば、背後を陳友諒に攻められる。動かなければ、二者が同時に襲ってくるかもしれない。普通なら勝ち目はない。だがな、朱元璋は張士誠が天下を取る意志がないことを見破った。だから、総力を上げて陳友諒と戦う準備を始めた」

陳友諒は張士誠に使者を送り、一緒に朱元璋を叩こうと呼びかけた。しかし張士誠は応えない。陳友諒は腹を決めて船団の整備を急ぎ、巨艦を含む数百隻を揃えて、長江に通ずる鄱陽湖《はようこ》で朱元璋の船団と対峙した。陳友諒の船団を正面から見た時、朱元璋は思わず息を呑んだという。前面に並んだ巨大な船は、水面から右舷と左舷の手すりまで数丈もある高さで、内部は三層の構造に見える。とにかく大きい。おまけに帆柱に赤い漆を塗って飾っており、その濃い赤色が威圧するが如く陽に輝く。後ろには小型の船がぎっしり並んでいる。一糸乱れぬ船の並びから相当の訓練を積んだ水軍と見える。朱元璋は一瞬たじろいだが、陳友諒の船団から早くも数百の矢が飛来し、戦いは始まった。初日と二日目は、いずれも朱元璋の水軍が劣勢で推移し、三日目を迎えた。どうやらここが引き時かと朱元璋は判断したが、偵察の報告では、鄱陽湖から長江に通じる水路は陳友諒の船で押さえられているという。両岸は深い森で覆われており、陸路に逃場はない。そして夕闇が迫った。

「絶体絶命ですね」

葉子春が尋ねた。

「そうだ。あのまま時が流れたら天下が変わっていたはずだ。ただ、陳友諒の船団もかなりの被害を受けていた。それで夜に備えて、船団を鎖で横に繋いだ。それを朱元璋の見張りの船が見ていたんじゃな」

「鎖で繋ぐのはまずいのですか」

「そうとも限らん。連日の戦いで兵は疲れておる。ゆっくり休ませねばならん。そんなときに大きく揺れる舟では体が休まらん。ただ、いざ戦いを始める時には鎖を外す手間がかかる。その夜、風向きが変わって東北から吹き始めたのじゃ。朱元璋の船団が風上で、陳友諒の船団が風下となった。朱元璋の軍にもなかなかの参謀がいたのだのう。何艘かの小舟に燃えやすい枯れ木を積んで火を点け、陳友諒の船団に体当たりさせた。鎖で繋がれた船団はすぐには動きが取れん。強風の中、陳友諒の船団はみるみる焼け崩れた。陳友諒も流れ矢に当たって死んだ。それで天下の流れが変わった。張士誠も間もなく滅ぼされた」

国士を制覇し皇帝を名乗ってからも、朱元璋は鄱陽湖で味わった恐怖心を忘れなかった。

水軍の力は間違いなく陳軍が上だった。いつまた再び新たな首領のもとで反乱を起こすか分からない。朱元璋は、陳友諒の水軍に加わった者たちを徹底的に調べ上げた。その結果、ほぼ九つの姓を持つ一族で占められていることが分かった。その姓は、陳、銭、林、李、袁、孫、葉、許、何である。朱元璋は、彼らを二度と長江流域に生活させないため、銭塘江の上流にある厳州に強制的に移住させ、さらに厳しい制裁を科した。

一つ、陸《おか》に住んではならぬ。陸に住むのは死んでから墓に入る時に限る。
二つ、陸に住む者と結婚してはならぬ。
三つ、学んで科挙の試験を受けることはできぬ。
四つ、陸に上がる時には靴を履いてはならぬ。

「その九姓の一族がわしらの祖先じゃ。随分前のことになるな。ひい爺さんの頃は、それは大変だったという。陸の農民や商人からは蔑まれ、時には石も投げられたという。でもな、わしの子どもの頃から少しずつ変わってきて、陸の人たちもあまりわしらを差別しなくなってきた。ただ、陸に住めない、陸の女と結婚してはならない、という定めは続いている。陸に上がるときには裸足、という決まりもな」
「父はなんで陳友諒の話をしてくれなかったのでしょう」

「それは、周りの目も変わってきたから、おまえに悲しい昔話を教え込まなくともいいと判断したからだろう。御法度の科挙の試験を受けさせることまでは考えていなかったと思うが、これから生きるのにはどうしても文字と数字を使うことが必要と考えて、おまえを学ばせるために梅谷寺の和尚に頼んだとは聞いたことがある」
「そうですか」
「でもな、その時わしは学問をさせるのは、少し危ないんじゃないかとおまえの親父さんに言った。確かに昔ほどではないが、わしたちに差別の目を向ける奴はおる。特に五穀の実りが悪くなった時にはな」

すっかり暗くなった川面を陳じいさんの舟に乗せてもらって、葉子春は帰った。父と兄は富陽への運漕からすでに戻っており、疲れたからかもう寝ている。葉子春も、もやもやした心の中はなかなか整理できなかったが、昼間の漁の疲労のせいか、いつの間にか眠りについた。

翌朝、葉子春は父に昨日陳のじい様から聞いた話を伝え、なぜ一族の過去を自分に語ってくれなかったのかを聞いた。父の答えは陳のじい様が想像したとおりであった。

「時が人の怨念を忘れさせてくれるのだ。いつまでも、陳友諒は強かった、でもないだろう。それに、陸の暮らしがすべて楽しいというものでもない。畑や田を耕すのは、それはそれで大変だ。おまえには少し書物に親しんでもらった方が、新しい生き方ができると思ったのだ」

父の話を聞きながら、葉子春は時代が変わったのなら、掟も変えてもらわねばおかしいではないかと思った。一方、恐らく数百人が数世代続けている川の生活をすべて陸に移すということは、すでに土地を持っている地主や農民との関係において、そう簡単なことではないであろうとも想像した。さらに、父の言葉に従うとすれば、自分にとってどんな〝新しい生き方〟ができるのかとも自問した。

数週間後、梅谷寺を訪ねた葉子春は、道覚和尚に九姓の一族について尋ねた。和尚は陳のじい様の話に加えて、こうも話してくれた。

「朱元璋は根っから他人を信じることのできない男よ。陳友諒を倒して天下取りが目前になった時、朱元璋は陳友諒の仲間を皆殺しにもできたはずだ。だがな、ここが朱元璋のずるいところだ。皇帝には天子としての徳というものが要る。ただ、相手を倒せばいいというものではない。憎い相手でも救ったという見せかけの徳も必要だと思ったのだろう。だから、殺さなかった。そうは言え、朱元璋は陳友諒の残党を十分に警戒した。そして、九姓の漁民をここに移住させた。移住させて賤民の暮らしを強いた。

賤民とさせたのには理由がある。朱元璋は交易を国の基盤とする元朝に対し、農業を国の土台に据えた。農民からの税を国の基礎とする限り、農民に時には過酷な締めつけを行わねばならん。不満が出る。そんなとき、おまえたちのもっと下の賤民がいると教えて、農民の不満を横に逸らすことができる。おまえの爺さんの頃は、陸で魚を売るときには、裸足で舟から上がるだけではなく、腰に縄を巻いて上がれと言われたそうだ。農民や商人は、裸足で縄を腰に巻いた奴ら、と蔑んでうさを晴らし、九姓の者たちは賤民としての屈辱を骨身まで思い知らされるわけだ。朱元璋の治世では、そのような過酷な仕打ちも許されたかもしれぬが、代が変われればそんな怨念は忘れるべきだ。学問などさせてはならぬという掟はおかしいと思い、おまえの親父に頼まれておまえを教えたのもその想いからじゃ。今は確かに大分変わった。だがな、世の中を見ると、すっかり変わったとも言い切れないがのう」

暗くなった梅谷寺の石段を下り、大分花が落ちた百日紅の木の下を舟に向かって歩いていると、道の両側から突然三人の男が出てきて通路を塞いだ。

「葉子春だな。梅谷寺で書を学んでいるそうだな」

「掟は知っているんだろうなぁ。おまえらは学問なんぞ、要らねえんだ」

「掟を破った奴は、お仕置きが要るよなぁ」

交互にしゃべったかと思うと、いきなり背中に隠した棒で葉子春に殴りかかってきた。一人目の棒は一瞬かわしたが、二人目の棒が顔の前に伸ばした腕に当たり、グキッという骨の音が響いた。三人目の棒はくるぶしに当たり思わずよろけた。あとは棒で殴られ、足で腹を蹴られ、つばを顔にかけられて殴打が続き、葉子春の抵抗する力は徐々に失せてきた。ガツンと後頭部を蹴られた時、葉子春は意識を失った。

第三話　茂七の話

葉子春は舟の大きな揺れで目を覚ました。すぐ近くを数艘の舟が続けて通過したらしい。起きようとしたが、体が思うように動かない。おまけに左の瞼の上が腫れ上がり、左目がほとんど開かない。濡らした布が額から落ちた。右の脇腹に鈍痛がある。右肘を床に当てて体を起こそうとすると、左の足首に激痛が走った。ドタリと再び横になる。舳先にいた母と妹が、戸を開けて慌てて入ってきた。

「おお、目が覚めたのかい」

「お兄さん、大丈夫なの」

葉子春は腫れた唇から唸り声を出した。

「俺はどうなったんだ」

母が答えた。

「無理して起きなくともいい。昨日の晩な、おまえの帰りが遅いので心配しておったのだ。そうしたら、袁さんの桂二と桂三の兄弟が、夕方の漁の魚を納めた帰り道で、真っ暗な道に倒れているおまえを見つけたそうだ。ひどく殴られて気を失っている。それで二人がかりでここまで運んでくれた。とにかく、横になっていて体は動かさない方がいい。父さんと兄さんは巌州の役所に届けに行っている」

左の目の腫れがひいて、左の足首の痛みがやわらぎ、なんとか歩けるようになるまで一週間かかった。それでも当分力仕事はできない。父と兄が巌州の役所に葉子春が襲われたことを届けに行ったが、単なる男同士の喧嘩だろうと取り合ってくれなかったという。陸の男が同じ目にあったら、違う対応をしているだろう。九姓の漁民が被害にあっても役所は何もしてくれない、これは仲間内では幾度も経験していることだが、改めて思い知らされた。

それから数日後、葉子春は舟の舳先で流れ行く雲を仰ぎ見ながら、ぼんやりとこれからどうしようかと考えた。新しい生き方、それは陸の男の生き方の後を追いかけるようなものとは違うだろう。いくら追いかけても、彼らは決して自分を同じ人間とは見ないに違いない。しかし、道覚和尚が教えてくれたさまざまな知識は、どこかで必ず役立つはずだし、水の上で生活した経験も捨てたものではないだろう。それらを生かして自分はこの世で生きていかねばならぬ。どう生きるか。

空を見上げると、白い雲の間を渡り鳥の群れが南を指して飛んでいく。鳥は自由でいいなあ、遠い国に行けると思った時、梅谷寺で会った孫茂七の話を思い出した。

「別な場所に行く、おまえも来ないか」

と言っていた。孫茂七はどこに行くのか。そこに一体何があるのか。

翌日、葉子春は厳州府から上流に二里ばかり離れた船着き場で、茂七の兄の舟を探し出し、茂七と連絡を取ることができた。茂七は兄から小さな舟を借りて、さらに上流の岩場の陰に舟を着けていた。

「子春か、どうしたその顔は。青あざがかなりひどいな」

葉子春は梅谷寺の帰りに、九姓の賤民が学問をするのは定めに反すると言われて、若い男三人に襲われたと話した。

「そうか、そのあざを見た時、そんなことじゃないかと思った。俺の二十歳の頃も、知っている奴が時々そんな目に遭ったことがあったな」

「そうですか。茂七さんが、思うところがあって国を出た、というのもそういう理由ですか」

「まあそうだ。俺もいろいろ生き方を考えたが、どうしても陸《おか》に上がるのは難しかった。だからここを離れた」

朱元璋が皇帝となり、明朝を建てた時、それまで元朝で虐げられていた漢人の知識人が新しい国の仕組みづくりに加わった。彼らがつくりあげた国の姿は、元朝が交易を主体としていたのに対して、農業を基盤とする体制であり、そのため明朝は戦乱で把握が不十分になっていた農民の戸籍の整備を急いだ。具体的な手法は、百十戸の農家を一つにまとめて台帳に登録し、さらにそれを十に分け、一人の長に十戸の農家を割り付けて管理することだった。十一戸の農家が税を納める最小の単位であり、さらに十年に一度回ってくる国に対する徭役の単位となる。

農民を相互に監視させ、また連帯責任を負わせる。従って、よそ者が簡単にその単位の中に入ることはできない。同時に登録された農民が簡単に抜けることもできない。川の上で生活する者が、農民になることは、この仕組みからは難しい。

どうしても陸に移り住みたければどうするか。一つは大きな都市に行き、雑踏に紛れて仕事を探すことだった。しかし都市の商売にも〝行〟という同業者の組織があり、よそ者が簡単に参入することはできない。従って、どぶさらいや墓掘りなどの、人があまりやりたがらない仕事となる。それすら難しければどうするか。とどのつまりは、人の住まない山の洞窟を住処として、道行く旅人を襲う盗賊集団に加わるか、あるいは、茂七のように国禁を犯して国を出るしかない。

「私も身の振り方をいろいろ考えたいのです。茂七さんの行くところ、そこに何があるか教えてください」

葉子春は尋ねた。

「そうか、おまえも随分悩んだのだな。俺が行くところは双嶼《そうしょ》というところだ。寧波《ねいは》の港を出ると小さな島がいくつも並んでいる。その中でやや大きい島の一つが六横島《りくおうとう》で、双嶼はそこの港だ。お上は随分前にそれらの島の住民をすべて陸上に移住させたので、公《おおやけ》には誰も住んでいないことになっている。でもな、実際は、二千人は下らない数の男たちと、それからかなりの数の女が住んでいるらしい。漢人が主で、ジャワやマラッカの男もいて、朝鮮からやって来た者もいると聞いた。それからはるばる西から航海してきたポルトガル人もいるという。皆そこであちこちの品物を交易している」

「あちこちの品物とはどんなものですか」

「ポルトガル人が扱うのは胡椒だ。彼らは肉をいつも食べるので、胡椒は欠かせないそうだ。なんでも本国まで持ち帰ると数十倍の値がつくという。明の商人は、紫檀や黒檀に惜しみなく金を払う。固く重い木で、磨くと気品ある木目が出るので仏具で使うそうだ。木と言えば、木にまれにできる樹脂を乾燥させた沈香《じんこう》というものがある。これを焚くと大変高貴な香りを出すのでどこの商人も欲しがる。それから、衣の染料に使う蘇木、明の生糸とか、扱うものはきりがない」

「でも国禁を犯して海に出て、交易をするわけですね」

「そうだ。寧波から南の海岸に住む者にとっては、交易は昔からの生業で、お上がやめろと言ってもそう簡単にやめるわけにはいかん。各地の港の裏にはその土地の顔役がいて、地元の役人を押さえている。顔役の中には、日頃から賄賂を十分渡している金持ちの商人や、進士《しんし》として明朝の中央の役職を経験した者がいる。彼らは役人の仕事を熟知している。だから、よほどのことがない限り捕まることはない」

「本当ですか」

「ああ、本当だ。俺はマラッカから福建の漳州《しょうしゅう》に品物を運んで交易をしていたが、漳州の役人は俺たちの仕事を見て見ぬふりをしていた。これから行く双嶼でもそうだという。だがな、運ぶ港によってはそれが狂う時がある。船ではるばる運んできた品物を売りさばくためには、港の商人と取引をせねばならない。自ら売るにはやはり危険が伴う。商人は俺たちが国禁を犯して交易をしていることを知っているわけだから、その弱みにつけ込んで時々約束を破る。金の支払いを反故《ほご》にしたり、約束の半分しか支払わなかったりする。そうなっても、俺たちが役所に届けたりすることはできないわけだ」

「そうすると、どうなるんですか」

「そりゃ、こっちだって命をかけて仕事をしているんだ。こちらの弱みにつけ込んで騙そうという奴は許せねえ。俺の爺さんの時代に、食いつぶれた日本人が徒党を組んで海を渡り、こちらの港を襲ってきて倭寇と恐れられていたが、そいつらの格好をして騙した商人の家を襲う。その勢いで、ほかの家に押し入って金品を奪うこともある」

「それじゃ交易じゃなく、海賊ではないですか」

「まあそうだ。だが、ちゃんと取引ができていれば、そんな無茶をしようとする者は多くはない」


葉子春も倭寇のことは時々耳にしていた。なんでも頭を奇妙な形に剃った男たちが、やや反って切れ味の良い刀を振り回して港の民を襲い、金品を巻き上げ、時には若い男や女をさらっていくという。さらには陸のかなり奥まで上がってきて、町を襲い狼藉を働く。日本という国に戦乱が絶えず、負けて居場所がなくなった武士たちが群れて襲ってくるのだ、と梅谷寺の和尚が話していたことがある。すると、茂七が誘ってくれた双嶼というところは、交易をしつつも、いざとなれば倭寇のような略奪を働く者たちの住むところか。

「茂七さん、先ほどマラッカから福建の漳州に品物を運んでいたと話していましたが、なんでその漳州から交易の場所を変えるんですか。今まで役人に咎められず、倭寇のような危険なことをしないですむなら、漳州での交易を続ければいいのではないですか」

「そうだな。それも考えた。でもな、それじゃうまくいかんのだ」

「どうしてですか」

「絹だ。生糸と絹の織物の交易がそこでは先が見えんのだ。今までいろいろ品物を扱ったが、絹に勝る商品はない。ところが福建の漳州付近では養蚕は行われているが、多くはない。おまけに上質な生糸に仕上げる技術がない。これではあまり売れず、儲けも少ない。生糸と絹織物はなんといっても蘇州だ。蘇州の生糸を仕入れるには福建は遠い。一番近くて役人の取り締まりが緩いところ、それが寧波の沖にある双嶼なのだ」

　孫茂七の舟を辞して葉子春は考えた。自分は今十七歳だ。男として、これからの生き方をそろそろ決めねばならない年頃だ。舟の上の生活を続けることはできる。もう少し貯えて新しい舟を造れば、親から独立することができる。数年後には所帯を持てるかもしれない。しかし、一生九姓の賤民だ。梅谷寺で再び学ぼうとすれば、同じような危険な目に遭うかもしれない。

海は知らないが、水の上ということでは同じだ。海に浮かぶ大きな船での仕事もできるだろう。交易の知識はないが、聞いてみるとなるほど面白そうだ。うまくいけば儲かる、ということよりも、特別な品物を、それを欲しい人に結びつけるという仕事に面白さを覚える。それが国禁の仕事であってもかまわない。ただし、時には倭寇になるという話が気になる。交易はしたいが、人を殺したり、略奪に加わったりするのは避けたい。どうするか。

二日後、悩んだ末に腹を決めた葉子春は茂七の舟に行き、一緒に連れていってくれと伝えた。

第四話　蚕の神

蘇州の中心に位置する蘇州府から南に約九十里（約五二キロ）離れた盛澤鎮《せいたくちん》という地区に、蚕の神を祀る小さな祠があり、そこに一人の青年と中年の男が、奥に鎮座する嫘祖《れいそ》に手を合わせて拝んでいた。嫘祖は伝説上の黄帝の妻で、この国の養蚕を始めた人として古来崇められている。後の清の時代には、先蚕祠《せんさんし》という名で立派な建物ができて、蘇州のみならず各地で絹織物に携わる人たちが蚕の神を祀る場所となるが、明の時代には参拝者はまだ少数であった。盛澤鎮は春秋戦国時代、呉と越の国境に位置し、古くから蚕を飼い、絹を織っていた地である。現在も浙江省と江蘇省の境で、西に太湖が広がり、東には杭州と北京を南北に結ぶ大運河が走る。

明の中頃の十六世紀からこの地は急速に発展した。元朝末期から明朝初期にかけての混乱は収まり、農村の人口が急激に増加した。新しい土地の開墾も進んだが、人の増える方が勝っていた。結果として、土地を持てない農村の次三男が増え、家を出て職を探し求めることとなる。蘇州の街中は繁栄して仕事もあるのだが、住む家を探すのは容易ではない。

それに比べ、盛澤鎮は住居を比較的手に入れやすく、織物に関する仕事も多いため、人々は徐々にこの地に集まるようになった。

蚕の神を祀る祠で手を合わせていた青年は沈一観《ちんいっかん》という名で、蘇州府の近くで代々生糸と絹織物の商いを行っている商家の息子である。今年二十五歳となった。やや面長で、男にしては色白な顔つやであるが、きりりとした目つきをしている。同行した中年の男の名は劉敦《りゅうとん》で、商家の商いを取り仕切る管家《グァンジア》（執事）という役目を担っている。二人は、家業の生糸の商売がもっと繁盛するようにと今日はこの祠に詣で、香火銭（賽銭）を多少はずむつもりである。

「香火銭も大明宝鈔《だいみんほうしょう》ではしようがありませんな」

劉敦が呟いた。

「大明宝鈔はやめよう。かさばるが銅銭を三百文ほど置いていこう」

沈一観が応えた。祠を毎日掃除して、香火銭箱の見張りをしているばあさんも奥から声をかけた。

「まったく、どうなっているのかねぇ、この国のお金は」

生糸を扱う仕事をしている沈一観を悩ませていることの一つが、明朝の通貨である。明朝は建国後、新しく大明宝鈔という大きな紙幣を発行し、その一貫は銀一両、及び銅銭千文と等価であるという交換比率を定めた。

元朝の時代にも交鈔《こうしょう》という名の紙幣が発行されており、人々は巷《ちまた》で紙幣を使用することには慣れていた。併せて明朝は大明宝鈔の普及を徹底させるため、金銀を売買の対価として使用することを禁じた。大明宝鈔は確かに慣れ親しんだ紙幣ではあるが、元朝の紙幣とは大きな違いがあり、銀との交換ができなかった。元朝では、末期の混乱を除けば、発行した交鈔はいつでも銀と等価の交換ができた。従って、近くでの商いには銀で決済し、遠くに行って支払いを行う場合は軽い紙幣を持っていくなど、状況に応じて銀と交鈔を使い分けた。両者が同じ価値であるということには、誰も疑いを持たなかった。

しかし、明朝の発行した大明宝鈔が銀と交換できないとすれば、使う側には本当にこの紙幣はそれだけの値打ちがあるのかという疑問が生ずる。案の定、発行して数年経つと巷における価値はみるみる下がった。洪武八（一三七五）年の発行当初、大明宝鈔一貫が銅銭千文であったものが、洪武二十三年には二百五十文、洪武二十七年には百六十文まで低下して、沈一観が盛澤鎮に蚕の神を拝みに来た時には、巷でほぼ紙屑同様の扱いとなっていた。しかし、大明宝鈔を発行した明朝はその事実に目をつぶり、建前どおり大明宝鈔一貫を銅銭千文として扱っていた。沈一観がかつて明朝との取引で納めた高価な絹織物も支払いは大明宝鈔であった。これでは全く商売にならない。従って、生糸と絹織物を扱う仕事仲間では、支払いに使用を禁じられている銀を用いる。銀の貨幣はなく、銀の塊である。秤で重さを量り、鋭い鋏で銀を切り取り、その重さで支払いに充てる。切り取った屑は、集めて溶かして再び銀の塊にする。どのくらい銀を切れば、どのくらいの重さになるかは皆経験を積んで知っている。

明朝もさすがにこの矛盾を放置できず、税の取り立てを銀で行うことを南の地域に限って始めた。ただし、まだ国土の一部にすぎない。銀の使用を公に認められている地域と禁止されている地域の混在は、新たな混乱をも生じさせている。さらに、銀は明国で豊富に採掘できる鉱物ではない。国内の銀の総量が少ないということは、巷で大きな売り買いができにくいことを意味する。せっかく良い生糸を作っても、相手が十分な銀を持っていなければ、生糸に見合う対価を受け取ることができない。物々決済では取引が広がらない。通貨の不備がもたらす混乱がなんとかならないのか、これが沈一観の悩みである。

悩みはもう一つある。それは明朝が国を越えた交易を禁じていることだ。ある国が臣下として明朝に冊封され、朝貢して物産を献じ、その対価として明朝から返礼の品を受け取るというかたちでの交易は行われている。明朝が相手の国に証明となる勘合《かんごう》を渡して、それを所持する者に限って往来を許可したことから勘合貿易と呼ばれる。皇帝に献上する以外、随行している者が明の商人と交易することは一定程度許されるが、しかし、それはごく限られた物量の交易にすぎず規模は小さい。元朝の時代、商人は福建の泉州などの港から南方や西方の国々に絹や陶器を大きな船で運び、多大な利益を上げていた。

今、公にはそのような行為はできない。戦乱から国内が落ち着いて、豊かな商人が増えたことから絹の需要は確かに増えているが、国の大部分を占める農民が絹を買うわけではない。従って、国の中では絹の商売の大きな伸びは期待できない。なんとか元朝の時代のように国の外と交易をしたいが、その術がない。

二人は嫘祖への参拝を終えた後、喉の渇きを癒して腹に何か入れたいと盛澤鎮の茶店に寄った。熱いお茶を啜り、胡餅《こべい》の焼けるのを待っていると、管家の劉敦が沈一観に話し始めた。

「嫘祖の香火銭箱見張りのばあさんに馬鹿にされるようじゃ、お上も困ったもんだ。ところで若旦那、先日杭州の張信さんからの使いがあり、娘さんを嫁に出すための準備で良い絹布が欲しいとの話があり、こちらも杭州に少し用事があったので先方にお持ちしたわけですが」

「そうだな。張信さんの扱っている龍井《ロンジン》のお茶はうまい。商売はどんな具合かい」

「張家とは先代から付き合いが随分長くなりました。その張さんのお茶の商売が最近うまくいっているそうで、その秘密が寧波にある魏震《ぎしん》の館だそうですよ」

「なんだい、その魏震の館というのは」

「若旦那、外国との交易のために寧波に市舶司《しはくし》という役所があることはご存知でしょう」

「ああ、知っている」

「その市舶司も、例の寧波の大騒動ですっかり役目がなくなってしまいました」

「そうだな、あれは確か嘉靖《かせい》二（一五二三）年のことか。もう二十年も前のことだな」


明朝を建国した洪武帝の朱元璋は、洪武四（一三七一）年海禁令《かいきんれい》を発布し、当時倭寇によって荒らされていた沿岸の治安改善に取り組んだ。一方、前年の洪武三（一三七〇）年に寧波、泉州、広州に市舶司という役所を設置し、関税の徴収など交易の実務を担わせて、正規の交易は維持していた。市舶司の責任者は市舶提挙司という役職名であるが、一般には役所名と同じ市舶司として呼ばれていた。しかし正規の交易と密貿易とが混在して混乱を極めたことから、洪武七（一三七四）年すべての市舶司を廃止して、民間による交易を全面的に禁止した。

洪武帝の孫であった建文帝《けんぶんてい》から帝位を奪った永楽帝《えいらくてい》は、北京に都を移した後、対外的な積極外交に転じて朝貢貿易を推進した。永楽帝の後押しのもと、鄭和《ていわ》が何度も南海の諸国を訪れ、明朝への交易を促した。

朝貢による交易を円滑に推進するためには、実務を取り扱う役所がどうしても必要となる。永楽元（一四〇三）年三都市の市舶司は復活し、寧波は対日本、泉州は対琉球、広州は対南国との交易実務を担うこととなった。行政系統の市舶司と並んで、宦官系統の市舶《しはく》大監《たいかん》という役職も設けられ、朝貢を皇帝直結の儀式として性格づけを強めた。日本の足利義満は永楽帝の政策に呼応し、朝貢による勘合貿易を開始した。

当初は足利氏が全権を握っていたが、応仁の乱や内紛により権威は失墜し、勘合貿易の鍵を握る勘合符の取り扱いは、有力大名であった大内氏や細川氏に移った。その大内氏と細川氏の各々が送った遣明船が、嘉靖二（一五二三）年寧波にほぼ同時に到着した。実際は大内氏の遣明船が早く入港し、正規の勘合符を所持していたのだが、明側の対応は逆であり、細川氏の遣明船を優先的に扱った。裏に細川方から明側に対する賄賂があった。大内方は怒りのあまり、細川方の遣明船を焼き討ちし、さらに陸に逃げる細川方を追い、その勢いで明の国内で狼藉を働き、現地の役人を死傷させるという未曽有の事態を引き起こした。正規の遣明船が倭寇と同じような殺傷を明の国内で行ったわけである。嘉靖帝《かせい》は激怒し、日本からの朝貢は事実上途絶えた。これに伴い、市舶司の仕事もほぼなくなってしまった。

劉敦の話は続く。

「寧波の魏家は、代々市舶司の役人を出しているそうです。一番上の市船大監は宦官で北京から来るんですが、市舶司の実際の仕事はほとんど魏家で蓄積された知識に基づいて行われているらしいです。そんな仕事を、昨日まで役所を閉めておいて、今日開けたからどこかの素人にすぐやれと言ってもできるもんじゃない。魏家では子から孫、孫から曾孫へとこの仕事を教え込んできて、現在の当主は魏震だそうですよ」

「それで今、魏震はどうしているんだい」

「日本の勘合船が寧波で大暴れしたおかげで、市舶司の仕事はほぼなくなってしまった。ところが最近、双嶼で密貿易を始めている連中がいるらしい。そこにジャワの商人や、西方の国から金髪の男たちがやって来て、明の品々の交易を始めているという。簡単な取引は、あいつらでも十分できるんでしょうが、いろいろな国の人とさまざまな品が集まるわけだから、取引の仕方もかなり複雑になる。それで密貿易の連中も魏家の知識を必要として、魏震と接触しているんです」

「なるほどな」

「杭州の張信さんは、そんな噂を聞きつけ、寧波に行って魏震の館に行った。龍井のお茶を双嶼で取引できないか。そうしたら、多少の手間賃は払わねばならないが、双嶼の取引に加えてくれたそうですよ。それ以降、商売は思いのほかうまく動きだしたと言っていました。なにしろあのお茶は誰でも褒めるほど美味しい」

「そうだな。龍井の茶は栽培も大変で、出来上がるにも相当手間がかかると聞いた。値段も高い。農家が買う茶ではない。そういえば、うちの絹織物も同じだな」

「そうなんです。茶も絹も外国の商人がとても欲しがる品だそうです。うちもこの魏震の館と接点を持てば、もう少しいい商売ができるかもしれません」

沈一観は考えた。自ら海を渡って外国と交易を行うことは国が禁じている。代々蘇州で絹織物を取り扱ってきた沈家がそのような行為を行うことは、あまりにも危険だ。ただし、外国からこの国に来ている商人と取引をする、それも仕事がなくなった市舶司が間に入っているとすれば、危険はかなり減る。親たちが残してくれた仕事をただそのまま引き継ぐだけでは、商売は伸びない。多少の危険性とそれによってもたらされる利益、その軽重を判断せねばならないと沈一観はぬるくなった茶に手を伸ばしながら考えた。

第五話　双嶼の港

海の上を吹く風は、川面の風に比べ濃密だ。潮の香りが鼻の奥を強く刺激するからだろうか。葉子春は船縁に立ち、東からの風を思い切り吸い込んだ。川にも波は立つが、さほど大きくはない。しかし海の波は吠えるように海面から競り上がる。昨日双嶼に船で渡る予定であったが、あまり波が高いので茂七が一日延ばした。海の色はさほど青く見えない。むしろ薄い茶色に近い。長江から押し出された水が、付近の海の色をこのように変え、さらに荒れた日の翌日は一層茶色を濃くさせるという。視界に点々と島が続く。

葉子春は、海に出るということは、視野を遮るものがない茫漠たる水面を目の前にすることだと思い込んでいたが、眼前には水平線を半分覆う数々の小島が見える。

「このあたりの島々は舟山《しゅうざん》列島と呼ばれて、数え切れないほど小島が並んでいると聞いた。確かに島だらけだな」

茂七が子春に声をかけた。

「右手の先に舟を進めると、霊場の普陀山《ふださん》の島があるという。大きな観音様が立っているそうだ」

小ぶりの舟には葉子春と茂七のほかにもう三人の若者がいる。陳茂《ちんも》、李達《りたつ》、可勇《かゆう》で、いずれも茂七に誘われ双嶼行きを決めた男たちである。

茂七は銭倉という海辺の村で古い舟を持っている漁民にこっそり頼み、朝早く海に出た。小さい帆と櫓で舟を操るが、漁民によると半日もしないで双嶼に着けるだろうという。それにしても入り組んだ海だ。舟が少し進むだけで周りの島が見え隠れして景色が変わる。陽は東の空に輝き、気温がぐんぐん上がる。漁民は双嶼の大体の場所は知っており、最近寧波から密かに舟を出している者がいるという噂を聞いていたが、今は銭倉近くの海岸でしか漁を許されていないので、双嶼の付近が最近どうなっているか詳しくは知らないという。

「銭倉の村から舟を出すと、左の先に見えてくるのが佛渡島《ふっとう》で、その近くに小さな二つの岩礁がある。それが目印で、岩礁を挟んで佛渡島の対岸に見える六横島《りくおうとう》を目指して進むと双嶼の港があると聞いてきた」

二つの岩礁まで近づき、佛渡島を背に進路を変えて六横島といわれる島を眺めるが、低い小山がいくつか見えるだけで、港らしいものは見えない。舟を進めつつ、本当に双嶼の港はあるのかと葉子春も思い始めた時、小山の陰から船の帆がいくつも見え始めた。小山の後方に入り江があり、そこに港があるのだ。さらに進むと、ぎっしりと係留されている船の姿が目に飛び込んできた。三十隻、いや四十隻はあるだろうか。中でも一隻の大きい船の帆には見慣れない赤い十字の印がある。

「あれは仏郎機の船だ。マラッカから着いたばかりとみえる」

茂七が呟く。舟を操る漁民も驚いたように赤い十字の印を持つ船を見ている。並んだ船の後ろには多くの家も見えており、二千人くらい住んでいるという茂七の話は嘘ではなさそうだ。さらに近づくと、見慣れない形の建物がいくつも続く。ポルトガル人の住む家かもしれない、と子春が思っていると、

「帆をたたむ手伝いをしろ」

と、茂七が舟の後方にいた李達と可勇に指示する声がした。舟は昼過ぎに双嶼の港に着いた。港の出入りを仕切っているらしい男が二人でやって来て、茂七と話を始めた時、狭い小路から一人の女が近づいて来た。そして、茂七に向かって手を上げると小走りで舟に寄って来た。

「茂七、久しぶりだね。許棟《きょとう》が待っているよ」

と声をかけ、港の出入りを監視している男たちに向かって、仲間だから問題ないと話している。子春が女をよく見ると、体つきは明国の普通の女と変わらないが、顔つきが違う。

目が少し窪んで鼻が高い。目の色も青みがかっている。髪は薄茶色で少し巻き毛だ。

「柳圓圓《りゅうえんえん》は、ポルトガル人の男と広州からマラッカに渡った女との間にできた子で、マラッカで育ち、許棟たちと双嶼に来た。漢土の言葉とポルトガルの言葉を両方話す。仕事に欠かせないので、許棟が重宝している」

茂七が説明した。


マラッカは、ポルトガルに侵攻される前は独自の王国として栄えており、明朝に朝貢の使節を幾度か出していた。その往来を密かに生かし、広東や福建の沿岸の民がマラッカに進出し、香料や紫檀などの南方の品々を持ち出して交易を始めた。男たちに少数の女も同行した。マラッカが一五一一年にポルトガルに軍事占領された後も、彼らや彼女たちは居続け、福建の漳州の港を使って密貿易を続けた。ポルトガルも明朝との交易を企てていたところから、航路と現地の言葉に詳しい彼らを重宝した。

やがてマラッカに住むポルトガルの男と漢土からの女の恋が芽生えて子どもができ、両方の言葉を覚えながら育った。圓圓はその一人である。圓圓は両親と一緒に双嶼にやって来たが、半年もしないうちに父親がマラッカに戻らねばならない仕事ができた。母親も一緒に戻ることとなったが、ポルトガル語と明国の言葉ができる圓圓はこちらに一人で残り、通事として交易所の仕事を手伝うことになった。

圓圓に案内された茂七たちは、いくつかの建物を横に見ながら進み、周りに比べ少し大きめな家に入った。南の窓を大きく開けてやや小ぶりな男が外に向かって立っていたが、圓圓たちに気がつき振り向いた。

「おお、茂七か。やっと来たな。墓参りは終わったか」

許棟が体に似合わず大きな声で茂七に尋ねた。

「行ってきましたよ。捨てた故郷だが、戻ると無性に懐かしい。ただ、九姓の漁民はあくまで九姓の漁民。陸にはこっそり上がって墓参りをしなくちゃならねえ。所詮戻れるところじゃない」

「そうか。それでそこの四人を連れてきてくれたわけだな」

「そうですよ。四人とも皆それぞれわけあって、海に出ることを決めた。やる気があるので働いてもらいましょう」

許棟は四人兄弟の二番目で、仲間内では分かりやすいように許二と呼んでいたが、次第にマラッカで漢土から渡って来た男たちの棟梁格になり、今では許二呼ばわりする者はいない。ただ本人は、背が少し低く痩せ型で、一見弱そうに見えることが気になっているらしく、それを補うように声が大きい。

「王直《おうちょく》はどうしています」

茂七が尋ねると、

「あいつはポルトガル人を連れて日本に向かっている。もうそろそろ日本に近づいている頃だろう」

という許棟の答えが部屋に響いた。

王直は許兄弟と同じく新安江の上流にある徽州《きしゅう》の出身で、マラッカで許棟の下で働き、金銭の扱いに長けていることから許棟が率いる集団の金庫番をしていた。なかなかの教養もあり、仲間の面倒見も良いので、茂七がマラッカにいた当時から、次第に許棟に次ぐ地位を占めていた。

茂七は許棟の部屋に残り、葉子春と三人の若者は、圓圓の案内で、浜から少し離れた小屋に案内された。

「当分ここで生活するのよ。すぐ仕事が回ってくるから」

圓圓はそう言い残し、四人の男たちに品定めをするような視線を投げて立ち去った。

六横島を含む舟山《しゅうざん》列島は、銭塘江が流れ込む杭州湾の外に広がる群島である。杭州湾の北では長江が海に流れ込み、また杭州湾に注ぐ銭塘江に面した杭州からは、はるか北まで続く大運河が伸びていることから、この一帯では運河と長江を使った水上輸送が盛んであった。同時に杭州湾の南にある寧波から海路を使って北への輸送も行われていており、北京に都を置いた元朝は、陸の水路と並んで海路の輸送も非常に重視した。元朝末期に朱元璋に対し反旗を翻した方国珍《ほうこくちん》は、この地域の海路の輸送を握っていたことから、朱元璋は明を建国後その残党を一掃し、さらに沿海を荒らしている倭寇との接点を断つため、舟山諸島一帯の住民約三万人をすべて陸に移住させた。

誰もいなくなった舟山諸島の一つである六横島に、最初密かにやって来たのは福建の鄧《とう》という男で、嘉靖五（一五二六）年の頃らしい。そして彼が密貿易を始めた。許棟の兄弟がここに目をつけたのが嘉靖十九（一五四〇）年であり、その時許棟はポルトガル人をマラッカから一緒に連れてきた。

ポルトガルは当初広州で明朝との取引を開始したいともくろんでいたが、役人との意思の疎通がうまくいかず、それに苛立って武力で威嚇したことから、嘉靖元（一五二二）年広州からの退去を命じられた。広大な国土を持つ明と交易できる拠点をなんとか探したいと焦っていたポルトガルは、格好の港として双嶼にやって来た。また、双嶼で交易ができると知ったジャワやチャンパ（ベトナム南部）の商人もやって来て、たちまち港はさまざまな言葉が入り乱れ、各地の物産が取引される場となった。

これだけの人が住み始めたのを、陸にいる者が全く知らないわけがない。胡椒や黒檀、それに象牙などは、明の市場では貴重な品々であり、杭州や寧波の商人は双嶼に集まった密貿易者とこっそり取引を始めた。しかし、それは国法を破ることであり、危険を伴う。そのため、商人は寧波で本来の仕事がなくなった市舶司を利用した。また、市舶司以外の現地の役人を買収するとともに、北京の宮廷で影響力のある官僚に、海禁策を改めるよう働きかけを強めた。

地元にはかつて北京の宮廷で高位の役職に就き、退官して故郷に戻った役人もおり、彼らも商人の後ろでさまざまな知恵を貸した。茂七と子春が双嶼にやって来た頃は、ポルトガルから来る船の数が急に増え、交易がますます活気を帯びてきた時期であった。

二日ほどは自由にしていてよいと許棟に言われたので、子春は双嶼の港を一人で回った。船で入る時に気がついたが、港の正面には小山が海面を横切るように入り込んでおり、外海がよく見えない。ということは外海からも見えにくいということだ。いくつかあるはしけの近くには、倉庫が十棟近く並んでおり、物資を保管しているようだ。倉庫の横に果物を売る小さな小屋があり、茘枝《らいち》がうずたかく積まれている。その横には茶店がある。子春は茘枝を半斤買い、縁台を三つ並べた茶店で茶を飲みながら港を見ていた。通る男はほぼ漢土の男だが、時々茶色に日焼けした小柄な男もやって来る。顔つきが違う。どうやら南の国からの男らしい。その時、港に係留している船の横から一人の女が歩いて来た。そうだ、港に着いた時、茂七に声をかけた女だ。子春は一瞬迷ったが、声をかけた。

「美味しい茘枝があるが、食べないか」

女は一瞬驚いた顔をしたが、すぐ茂七と一緒の男だと分かったようで、緊張を解いた。

「甘い茘枝で女を呼び寄せる気なの。でもまあいいわ。私も茘枝は好きだから」

縁台の子春の隣に腰を下ろした圓圓は、最初に会った時の印象よりも、腕や足がはるかに締まった体つきをしている。そして目の色の青さがやはり印象的だ。年は自分と同じか少し上かもしれない。

「そんなに見つめないでよ。茂七から聞いたんでしょう。私にはポルトガルの血が混ざっているのよ。圓圓という名前はあるけどね、ポルトガルの名前はイレーヌ」

「ポルトガルというのはマラッカの近くですか」

「いや、もっともっと西にあるんだ。私は行ったことはないけれど」

「ポルトガルの言葉もできると聞いたけれど」

「小さい頃から使っていたからね。マラッカで商売するなら、ポルトガルの言葉を知らないと駄目。大損するよ。ところで私は甘い茘枝につられて座り込んでいるわけにはいかないんだな。ポルトガルの館に行く用事があるんだ。そうだ、双嶼で仕事をするならポルトガルの館にもいつか用事ができる。ちょうどいい。連れていってやろう。一緒に行こう」

そう言うと、圓圓は腰を上げてさっさと歩きだした。子春も慌てて追いかけた。はしけに近い路を進むと、簡単な造りの商家が並び、船の道具や薬を売る店がある。野菜や果物を売る店があり、隣には覗きこむと中が薄暗い祠のような建物があった。

「天妃宮《てんひきゅう》といって媽祖《まそ》を祀っているんだよ。広東や福建の船乗りの守り神さ」

圓圓が説明する。さらに先に進むと間口の広く、横幅が大きい石造りの建物がある。現在は閉まっているが、船が着くと運んできたさまざまな物資の交易所となると圓圓が教えてくれた。

ポルトガルの館は、少し小高い丘の上にあり、白い石造りで、どっしりした風格があった。

「火事が怖いと言ってね、どうしても石で造りたいと、向かいの象山《しょうざん》の石切り場から運ばせたそうよ」

「そうか、こんな造り方の家は初めて見た」

二人は言葉を交わしつつ、館に入った。

「おお、イレーヌ」

奥の椅子に座っていた男が出迎えた。さらに左の扉を開けて背の高い男も入ってきた。圓圓は、子春が理解できない言葉で二人に話し始めた。今日ここに来た要件らしい。さらに圓圓は振り返って子春を指さし、男二人に何か告げた。背の高い方の男が近づいて、右手を子春に差し出した。

「それは握手という挨拶の仕方だから、右手を出してぎゅっと握り返してあげなさい」

圓圓が助け舟を出した。そして間に入って背の高い男を紹介した。

「アンドレ・サラザールよ。賭け事が好きで時々大損して怒りだすんだけど、いい男」

そして、アンドレには子春が分からない言葉でどうやら子春のことを紹介してくれたようだ。もう一人奥の椅子に座っていた男は小柄で、口から顎にかけて豊かな髭を貯えており、この屋敷の主のようだ。ゴンサロ・ディアスと圓圓が紹介してくれた。葉子春はゴンサロの太い掌を握り返した。

ポルトガルはアジアの拠点をインドのゴアに置いていた。そしてゴアを基点に東にマラッカを占領し、明の大陸に拠点を構えたいと思っている。広州で排斥された後、やむなく双嶼にポルトガルの館を築き交易を行っているが、もっと本格的な進出ができないかと焦っている。ゴンサロ・ディアスはゴアの政庁から遣わされ、明国進出の拠点を確保する使命を受けた責任者で、アンドレ・サラザールは彼を補佐する役目である。ゴンサロとアンドレは圓圓に尋ねた。

「王直とピントたちはもう日本に着いているだろうか」

「そうね、最近この辺も少し海が荒れたから遅れているかもしれないね」


三人が続きを話し始めたので、子春は少し離れてポルトガルの館の中を見渡した。飾りをつけた見慣れない椅子、白地に赤い十字が縫い付けてある旗、机に置かれた玻璃の瓶、いずれも珍しいものばかりであったが、一番目を引いたのが、壁に吊り下げられた大きな布に描かれている絵であった。単なる絵ではない。地図のように見える。しばらくじっと見ていると、話に一区切りつけた圓圓が近寄って来た。

「これがこの世の大地と海の地図よ。今航海に出ているピントが国を出る時に、この布に写してきたんだって。私たちがいる明の国はここ、私が生まれたマラッカはこのあたり、私の父親の国のポルトガルはこのあたり……」

じっと見ていた子春は、一瞬頭を何かで殴られたような衝撃を受けた。

――本当か。明の国は、大地と海が全部広がる中では、こんなに小さいのか。それに比べ、海はこれほど大きく、陸はこれほど広いのか――。

圓圓の父親の国だというあたりの下の方に、狭い海を隔てて描かれている大きな陸地は、自分が知っている芋の木の葉の形に似ている。そして、大きな海を挟んで上下に広がっている陸地は、今にも切れて離れそうになっている二枚の葉のように見える。子春は圓圓にそろそろ戻ろうと促されるまで、食い入るように大地と海の地図を見続けていた。

第六話　交易所の取引

二日ほどは自由にしていて良いと許棟に言われたが、三日目からは忙しかった。港に許棟の部下である蔡浩《さいこう》の船が、ジャワから荷を満載して入ってきたからだ。葉子春が着いた時にはさほど人の数が多いとの印象を受けなかった双嶼であったが、港には早くも百人を越える男たちが集まり、声高に話しながら荷下ろしが始まるのを待っている。葉子春と一緒に来た陳茂、李達、可勇も港に集められ、荷を船から交易を行う会館まで運ぶよう茂七から指示を受けた。到着時に垣間見た石造りの交易所の中は、すでに品目ごとに区切られており、荷下ろしが始まると、男たちが担いできた荷でみるみる埋まっていく。

一息ついたところで次の指示を待っていると、建物の入り口から、ゴンサロが圓圓を連れてやって来た。ゴンサロが髭を撫でながら入荷したばかりの物資の品定めをしている時、圓圓は葉子春に近寄って来た。

「この間は茘枝ありがとう。美味しかった」

「そうか、それは良かった。私もポルトガルの館に連れていってもらってありがとう。壁の地図はとても印象的だった。ところで、ここではどのように取引するんだい」

「取引についてまだ何も聞いていないのね。それじゃ教えてあげる。船が到着した日は、荷揚げと品物の整理ね。それから牙人《がじん》が、品物の確認と大体の値を判断する」

「なんだい、その牙人とは」

「知らないの。取引に間違いがないよう、売り手と買い手の間に入って話をまとめる役よ。売る方はできるだけ高く売りたいし、買う方はできるだけ安く買いたい。だから売り手と買い手だけで取引を進めるとなかなかまとまらないこともある。牙人はその間に入って値決めをうまく促す。それに取引の額に応じて交易所に支払う金も決まるから、牙人の仕事は大事なの。だから、船が着いた時は取引の準備でほぼ一日かかる。実際の取引は翌日から始まるのよ」

「買い手はどこから来るんだい」

「船が着いた時に、ここから寧波の港に伝令がもう行っているわ。大っぴらにできない取引だから、寧波の商人にこっそり伝える流れがあるのよ。取引は、船が着いた翌日から五日間ここで行われる。取引ができず、残った品物は倉庫で保管して、次の交易の機会を待つこともできる」

翌日からの交易は、葉子春が想像したよりはるかに活気があった。主な取引の対象は昨日ジャワから到着した船が運んできた香木の沈香《じんこう》、伽羅《きゃら》、そして香辛料の胡椒、丁子《ちょうじ》などであるが、倉庫に保管してあった蘇木、錫なども並べられている。また、外国産の品物に交じって、明の茶も数種類見かけられる。生糸も少量だが並んでいる。売り手の半分以上は許棟の部下であるが、それ以外は双嶼に住んでいる外国人で、琉球やジャワ、マラッカからやって来た者、さらにポルトガル人がいる。

買い手は寧波の港から船でやって来た商人だ。買い手の中には、茶など倉庫に保管してあった明の産物を、今度は売り手となって取引する者もいる。売り手と買い手の交渉は真剣で、価格をめぐってなかなか話がまとまらず、牙人の仲介でやっと成立する場面が確かにあった。交易の初日には、値が特に張る伽羅の取引に多くの商人が集まっており、また胡椒と丁子の売り場にもかなりの数の商人が来た。

「いずれ売り買いの中に入ってもらうから、この五日間は取引をずっと見ておけ」

茂七は葉子春にそう伝えた。

翌日、葉子春が再び交易所に足を運ぶと、昨日の取引初日ほどの熱気は感じられなかったが、やはり交易の品々の前では商人が三々五々品定めをしていた。昨日買い手側にいた商人が売り手側にいっている区画もあった。茶を販売している区画である。売り場の前にいる買い手は、一昨日蔡浩の船でジャワからやって来た現地の男たちらしい。明の茶を持って帰ってジャワで商売をするのであろう。葉子春が新安江の舟の上で飲んでいた茶は、農家が作っている名もない安い茶であったが、交易所の中で並んでいる茶は、どうやら高級な茶らしい。興味を持って眺めてみた。

「そんなに見てばかりいないで、一杯飲んでみなさいよ。見たところ、買ってくれるお客じゃないようだが、構わないから」

奥から声をかけられた。促されるままに近くの椅子に腰かけ、少し待って出てきた茶を飲んで、葉子春は思わず声を上げた。

「うーん、これが本当のお茶というものなんだ。こんなに香りが豊かで、美味しいお茶は初めて飲みましたよ」

「そうかい、当たりまえだ。西湖の龍井《ロンジン》だからな」

龍井、聞いたことはあった。同じお茶でもこんなに違うのか。試しに値段を聞いて再び驚いた。一斤五百文、それでは自分には高すぎて飲めない。礼を言って隣を見ると、福建の鉄観音とか黄山の近くで採れたという緑茶が並んでいる。そこにジャワの商人が買い手として来ている。このような美味いお茶は、明の国以外ではできないのであろう。だから交易の品となりうるのだ、葉子春は、国を越えて珍しいもの、良いものを求めるという人間の強い欲求を実感するとともに、人々の欲求を満足させ、そして利益を得る交易の面白さを改めて感じ取った。

その後四か月は、ひと月に七、八回入港する船の荷揚げや取引に加わり、葉子春は、五か月目に初めて外洋に出た。行先は福建の漳州で、交易の品を受け取るためである。双嶼の港付近は、海とはいえ周囲の島に囲まれて、波の高さはさほど大きくない。初めて銭倉から舟で双嶼に来た時には、波が高くて一日遅らせたが、それは舟が小さかったからであり、外洋に出る船であれば、かなりの波でも持ちこたえることができる。出港して二日目に北西の風が吹き、大きな波に出遭ったが、葉子春は自分の膝を曲げながら体を上下させ、船の大きな揺れを軽く受け止めることができた。このくらいの揺れなら大丈夫だ。

川で育った葉子春にとって、水の上で生活することには慣れているが、川と海の違いを思い知らされたことはいくつもあった。まず風だ。川の航行にも風は影響するが、流れの方が重要だ。川の流れの流心を読み、そこに乗るか避けるかが舟の進み方を決める。海にも海流はあるが、風の力はそれよりも大きい。そして風は時々急に向きを変える。この変化を予測して読むのがなかなか難しい。また海水には色がある。黒に近い群青色、透き通った薄青色、川の水が混じった薄茶色、それらの色が潮目を境に突然変わる。陸地が見えなくなれば、この海水の色と毎日測る海の深さで、海岸との大体の距離を推測する。

　また水平線に見える雲の形で、その下に島があるかどうかを判断する。座礁も怖い。川にも気をつける岩は多いが、何回も川を上下すれば大体どこにどんな岩があるかを覚えることができる。しかし、海では全く同じところを通過するなどということはまずない。ひと航海、ひと航海と違う海面を通過しながら、座礁を絶対させない知識と判断が必要となる。漳州までの往復の航海を終えた後、葉子春は、海の航行で起きうる事項をほぼ学んだ。


　さらに一月経つと、葉子春は双嶼における交易の仕組みを大方理解し、またそこに集まる人間の集団についても、その構成を凡そ把握した。

　双嶼という港の価値は交易所にあるのだと葉子春は思った。その交易所の采配は許棟が握っている。交易というものは考えればなかなか難しい。いくら珍しいものを持ってきても、買い手がいなくては商売にならない。買い手がいても、双方が納得する取引でなければ成立しない。また、買い手にとっても見ず知らずの相手は不安だ。許棟の交易所は、交易に伴う売り手と買い手の双方が持つ不安をうまく解消させている。

　売り手は双嶼に着いたらまず許棟の下に行き、取引の許可をもらう。許棟は以前マラッカに住んでいたことから、マラッカ及び周辺のジャワ、シャム（タイ）などの地域の情勢に詳しく、各地の売り手に関する情報をかなり持っている。品物を持ってきたのは信用を置ける相手かどうか大体判断できる。

売り買い双方の取引には牙人が立ち会い、取引が妥当か判断して、どちらかが無理を言っていると判断すれば仲介する。この仕事は相当の経験が必要で、素人にはできない。交易所は取引の対価として売り手から一割の口銭をもらう。品物が残って倉庫に保管するなら、預かり料をもらう。また寧波の市舶司と裏で話をつけておき、買い手の情報を手に入れると同時に、寧波から双嶼までの船での移動を黙認してもらう。もちろん、一定の金はこっそり市舶司に払う。このように出来上がった仕組みをうまくまわしていけば、取引が膨らむたびに許棟の懐も豊かになる。その金で人を雇って交易所で働かせ、また船を仕立てて独自に仕入れる。

双嶼に交易品を運んでくる者は、概ね一隻や二隻の船を受け持ち、五十人から二百人ほどの男を配下にしている。船主は陸にいる場合もあり、男たちを指揮する船頭である場合もある。彼らの密貿易が成り立つためには、許棟の交易所の使用が不可欠であることから、その船主と配下の男たちは、いつの間にか許棟を頭とする大きな集団と化している。許棟の指示で、複数の船主が一緒に十隻ほどの船を仕立て、シャムやマラッカに向かうこともある。

船に乗って仕事を行ったり、また交易所で働いたりする男たちの出自で一番多いのは、もともと双嶼が所在する六横島とその周辺の島々に住み、交易や漁に携わってきた者たちである。明を建国した朱元璋は、すべての島民の舟山諸島から陸への退去を命じたが、しかし彼らは農業を新たに始めるために山奥で開墾したり、豪農の小作人となり、先の見えない辛い生活をしたりしているうちに、海での生活が恋しくなり、こっそり島に戻ってきた。家族で動いてきたため、男だけではなく女も子どももいる。

また、福建の漳州の港で交易に携わっていた者もいる。漳州より双嶼が取引の規模が大きいと船主が判断して移動してきた時、一緒に連れてこられた男たちである。また、元の末期、朱元璋に対抗した張士誠や方国珍の結社にいて、元軍と戦った男たちの血を引くという者たちもいる。彼らは、現在の明朝の政治に対しては、根っからの反抗心を持つ。葉子春のように、明の社会で賤民として扱われ、その仕打ちから逃れてきた者もいれば、罪を犯して逃亡してきた者もいる。出自にこのような広範な広がりがある中でも、かなりの統一行動が取れているのは、これで暮らせるという安心感からである。

茂七に連れられて双嶼に来る途中、葉子春は同行の陳茂、李達、可勇とお互いの境遇について話し合ったことがある。陳茂が口火を切った。

「俺の親父は紹興《しょうこう》の地主の下で働く佃戸《でんこ》（小作人）だ。一家六人で朝から晩まで畑で働かされる。なんとか食い物にはありつけるが、苦しいのは不作の時だ。去年が一番ひどかった。春先に食うものがなくなる。若い俺が一番食うから、俺が一番我慢せねばならん。食い扶持を一人減らしたらもう少し楽になると思っていた時、茂七に声をかけられた。かあちゃんは、行くなと涙を流して止めたが、夜中にこっそり抜け出してきた」

李達が続けた。

「うちは竈戸《そうこ》だ。海辺で塩を作る。ところが、数年前から塩を納めねばならない量がどんどん増えてきた。なんでも北に逃亡した元の勢力との戦いが激しくなり、軍に使う金が急に増えたそうだ。竈戸はお上が命じた塩を作っていれば、税を納めなくともよいし、賦役も免れる。米も配給してくれるのだが、ただそれだけでは一家が暮らすにはとても足りん。これまで一家はなんとか食いつないできたのだが、俺はこれでは力仕事ができないと思い、作った塩をこっそり闇で流した。それを密告した者がいたのだ。危うく捕まるという直前に逃げ出してきた」

可勇も重い口を開いた。

「俺も陳茂と同じ佃戸だ。俺たちの地方にはいつできたか分からないしきたりがあった。それは秋の収穫物を地主に収めに行く時、作物だけでなく、それなりの礼も別にせねばばならないというものだ。俺はそれがおかしいと思った。ぬくぬくと遊び惚けている地主に代わって俺たちが田畑を耕してやっているんじゃないか。出来上がった作物は地主が取りに来るのが当然だし、さらに礼を贈ることなど要らぬ。村の衆にそうしようと持ちかけて、皆が俺の言うとおりにしたら地主が怒って鎮の役人に訴えた。そうしたら、俺はいつの間にか謀反の頭だとさ。捕まえに来た二人に大けがをさせたので逃げてきた」

最後に葉子春は、九姓漁民である自分の出自と、それによって受けた仕打ちを話した。四人にとって故郷と家を離れるには断腸の思いがある反面、もはやそこでは暮らせないという意識の方が強い。

ここまで来た以上、なんとしても双嶼の世界で生きていかねばならない。心の中のもやもやしたものを話し切った四人は、ふっ切れたように顔を見合わせた。

第七話　寧波　魏震の館

葉子春は許棟に、寧波へ行き魏震の館の者と会うよう指示された。葉子春の仕事は普段茂七が指示するが、ほかの男たちに比べ葉子春の仕事が的確であることを見抜いた許棟が、いくつかの仕事を直接葉子春に命じるようになった。葉子春にとって寧波に行くのは初めてである。仕事の中身は取り扱う品物を拡大することで、特に生糸と絹織物を増やしたい。

寧波は杭州湾の南岸にあり、中心となる寧波府城は慈渓江《じけいこう》（現余桃江《よとうこう》）と鄞江《いんこう》（現奉化江《ほうかこう》）の二つの川が合流して湾に注ぐ地に置かれていた。寧波府城には七つの門があるが、そのうち五つは、どちらかの川を渡った場所に設置されており、この都市がいかに水運と結びついているかが窺える。

葉子春がその一つの霊橋門から城内に入ると、まず媽祖を祀る天后宮《てんごうきゅう》が目に入った。双嶼では天妃宮《てんひきゅう》といったが、媽祖を祀る場所は地域によって、天后寺、天后祠、天后廟とも呼ばれ、東アジア一帯に分布している。日本では沖縄県、長崎県に媽祖を祀る廟や寺があるが、関西・関東にも分布し、はるか青森県の大間町にもあることから、海の男たちにとっていかに篤い信仰を集めていたかが分かる。

寧波の府城には東西を貫く大通りがあり、その北には諸官庁が続き、鼓楼が見える。市舶司の建物はその一角にあると聞いた。大通りの南側は商店や飲食の店が並んでおり、通りが交差する広場では芸人が人を集めて奇術を披露している。店の奥からは何かの肉をぐつぐつと煮ている匂いが漂ってくる。許棟に指示されたのは、霊橋門からまっすぐ城内に入り、二番目の小路の左角にある天風楼という店に入り、呉峰《ごほう》という男に会えということであった。市舶司の魏震の館に直接行くわけではない。魏震の意を受けた呉峰が、許棟の使いである葉子春と会う段取りだ。店に入ると奥の部屋に通されたが、そこには二人の男がすでに卓を囲んで話し込んでいた。

「葉子春です。呉峰さんでしょうか」

二人のうち背が低く、中年で浅黒い顔をした男が答えた。

「呉峰だ。道に迷わずまっすぐ来られたようだな。こちらは蘇州の沈一観さんだ。絹を扱っている」

呉峰と沈一観は、部屋の入り口に立っている葉子春を、一瞬値踏みをする如く眺めたが、すぐ表情をやわらげ、椅子を勧めた。

「頭の許棟からは、絹を扱う方を紹介いただけると聞いていますが、それが沈一観さんですか」

　葉子春が問うと、

「そうだ、だがそう焦りなさんな。茶でも飲みなさい。ところで双嶼の最近はどうかね。どのくらいマラッカや南方からの荷が入っているのかい」

　呉峰は絹の取引の話には直接入らず、双嶼の交易の現在の状況について葉子春にいろいろ聞いてきた。答えるうちに、そんなことは魏震の館の者であれば分かっているはずだと思ったが、どうやら呉峰は葉子春とのやり取りを通じて双嶼の実態を沈一観に知らせようとしているらしい。葉子春はあるがままに現状を伝えた。沈一観は黙って二人のやり取りを聞いていたが、呉峰に伝えた。

「分かりました。双嶼はなかなか面白いところですね」

「そうだ。ポルトガルの船が入るときには、特に売り買いが活発になる。沈さんの絹は光沢が素晴らしいとの噂だ。きっと良い商いができますよ」

　葉子春が尋ねた。

「絹の光沢を出すには、何か特別な手法を使うのですか」

「特別な手法というわけではないのですが、やはり経験が必要です」

「私は川で魚を捕ったり、物を輸送したりして育ったので、絹の衣装など着たことがありません。ただ、絹の商いをする以上、絹についてもっと知りたいと思います。絹について少し教えてください」

「そうですか。葉さんは繭をご存知でしょう」

「知っています」

「その繭から糸を取るわけですが、一本の糸は非常に細く、それをそのまま使うことはできません。何本かを束ねます。うちでは普通八本です。その八本束ねた糸が、絹として使える一番細い糸となるのですが、用途によってはそれを二本、四本、さらにそれ以上集めてもう少し太い糸にします」

「なるほど、絹糸でも太さがいろいろできるわけだ」

「そうです。ただ、この段階では一番細い糸が横に並んでいるだけですから弱い。だから、撚《よ》りをかける。糸に捻《ひね》りを加えるわけですが、これが絹糸の性質を決める大きな要素です。数百回の撚りを加えれば、より強度のある絹糸ができるがやや硬くなる。撚りの回数を減らせば柔らかいが強度は落ちる。撚りを終えた段階の絹糸は、卵の殻のような鈍い白色をしています。光沢はない。ただ、この状態の絹が人の皮膚の感触に一番よく合うとして、このままで使うこともある」

「絹はすべて光沢があるわけではないのですね」

「繭から出た糸の表面には薄い膜があるのですよ。その膜をうまく剝がすと、絹独特の白銀色が出てきます。熱湯にあるものを加えて撚りを加えた糸を浸すと、その膜がうまく取れます。職人は練《ね》るといっています。ただ、この工程も熟練が必要です」

「なるほど、これだけ手を加えるなら、確かに高価になるのも分かります。その生糸を使って織った絹織物はさらに値が張るわけだ」

「そのとおりです。ただ商売は売り手があって、買い手がなければ成立しない。いくら立派な絹織物を売ろうとしても、買い手にとって高すぎれば意味がありません。生糸もそうです。相手がその生糸を次の段階にどう仕上げていくかによって、売る生糸の種類も違います。双嶼でのお仕事に出す品物も、何が一番良いかもう少し調べてみなければなりません」


呉峰を加えた三人の話はしばらく続いたが、取引に伴う諸条件を確認した後、葉子春と沈一観は天風楼を出た。午後の日差しはやや西に傾いている。通りは相変わらずの賑やかさで、先ほどまでは見かけなかった占い師や似顔絵師が通りに加わっている。寧波の町に入った時漂っていた肉を煮ている匂いが、一層鼻の奥をついてきた。

沈一観が葉子春に声をかけた。

「こんなかたちで知り合うのも何かの縁ですね。その辺で軽く食べましょうか」

誘われるままに近くの店で二人は卓に向き合った。

「一つ聞きたいことがあるのです」

葉子春が口を開いた。

「なんでしょう」

「頭の許棟から、蘇州の絹を扱う旦那方はあまり双嶼での交易に乗ってこようとしない。そのわけを調べろ、と言われているんです。どうしてでしょう」

沈一観の目の奥が一瞬光ったが、すぐ口元を緩めて答えた。

「おやおや、いきなり真正面からのご質問ですね。まあいいでしょう。いくつか理由があります。まず、これはそもそも御法度の仕事です。見つかればそれだけ咎がきつい。そこまでしてやるのかと思うと腰がひける。これが一番の理由でしょう」

「それでは沈さんは怖くないのですか」

「全く怖くないと言えば嘘になります。ただ、親が続けてきた商売をそのままやっても大きくは伸びない。そう考えたから、今日葉さんと会っているのです。蘇州の商人がもう一つ持っている感情があります。それは明の皇帝に対する怒りと、反面恐れです。葉さんは張士誠をご存知でしょう」

「明の太祖となった朱元璋と、元の末期に戦って敗れたあの張士誠ですね」

「そうです。張士誠は蘇州を占領して、蘇州の商人から軍資金を集めて朱元璋と戦っていました。だから、朱元璋にとっては張士誠も憎いけれど、その裏にいる蘇州の商人も憎い」

「なるほど」

「蘇州の商人は、なにも張士誠に惚れ込んで力を貸したわけではない。元の末期の混乱が一日でも早く終わってほしい。それができるなら、張士誠でも誰でも良い、そういう心境で金を出したのです。しかし、張士誠は蘇州を支配し、女を侍らして宴会を続けることに満足して、朱元璋を倒すという野望を持たなかった。それを見透かされ、朱元璋に倒された。そして朱元璋は、張士誠の背後にいた蘇州の商人を憎んだ」

「それでどうしたのですか」

「税です、税の負担です。明が建国されて以降、蘇州の税はほかの地域の倍はあったと思います。蘇州の商人をみんな殺すわけにはいかない。その代わり、金を搾り取ることにしたのです。私の祖父の代までは、それは厳しい税の取り立てがありました。悔しさをじっとこらえてひたすら我慢したそうです。だから、蘇州の商人は心の奥底は、明朝の政策に反抗する気持ちを持っています。ただ、皇帝の権力も間違いなく強い。迂闊に逆らうとまたひどい目に遭うかもしれない。これが多分皆の気持ちでしょう」

「そうですか。表には出せない感情を皆さんが持っていらっしゃる」

「そう思います。それからもう一つあるとすれば、決済の手段が十分ではないことですね。大明宝鈔では取引できず、銅銭では重すぎる。銀が要るがなかなか手持ちが多くない」

「それは双嶼での取引でも感じているところです。南の国との交易では銀での決済が必要ですが、十分ではない。これはなんとかしたいところです。ところで、先ほどの張士誠のお話を、私の父親や祖父が辿った道を重ね合わせながら聞いていました。沈一観さんは陳友諒をご存知でしょう」

「朱元璋と戦った陳友諒ですね」

「そうです。うちの祖先は陳友諒の配下で、朱元璋と戦って敗れて、陸に上がってはいけないという掟を課せられました」


沈一観は九姓漁民のことを知らなかった。葉子春は自分と一族が辿った境遇を沈一観に伝えた。明が建国される際につくられた亀裂が、二百年近く経った今でも社会のかたちと人の心に深く刻まれている。境遇が全く違う二人であるが、話を続けるうちに二人とも心の奥に通じ合う何かを感じ取った。

第八話　種子島とポルトガルの館

王直の船が日本から戻って来た。それ以降、双嶼の港は騒がしくなってきた。許棟は最初の日、王直から一人で報告を聞いたが、それ以降は数日間、茂七を含む許棟の腹心の部下六名を入れて話し込んだ。一方、王直に同行したポルトガル人三名は、ポルトガルの館でゴンサロやアンドレと話し合っているようだ。茂七を通じて、王直の話がだんだん葉子春の耳にも入ってきた。

王直の船は日本に向かう途中嵐に会い、種子島という島に漂着した。そこでしばらく滞在した後、九州の外浦《とのうら》、日向の港を経由して府内に着いた。日本は現在有力な大名が覇権をめぐって争いを続けているが、王直は豊後を中心とした地域を支配する大友氏と会い、次に博多に回って博多の商人たちと会い、さらに九州の西の平戸に回った。平戸では肥前の地を治める松浦《まつら》氏に会い、歓待されたという。

「なんといっても大きな話は銀だ」

茂七は興奮気味に葉子春に話す。

「いつの間にか日本では大量の銀を掘り出している。そして新しく取り入れた手法で純度の高い銀の延べ棒を作っている。府内の大友氏の城で、積み重ねられた銀の延べ棒を見て、王直は体が震えたそうだ。これだけの銀があれば、どんな交易でもできるとな」

「なんで日本は突然そんなに多くの銀を手に入れることができたんでしょうか」

「王直は博多に回り、商人の話を聞いてその理由が分かったそうだ。それはな、博多に神屋なにがしという男がいて、石見の国の奥に銀山があることを知った。実はこの地ではもっと前から銀は掘られていたのだが、山の地面に出ている銀の鉱石を掘るだけで、終わるとその土地は見捨てられた。だがまだ地中に銀があるはずだと神屋は考え、山の中腹から掘り進んで、銀を含む鉱石の層を探し、それを掘り出す新しい方法で銀山を開発した」

「なるほど」

「そして明からか朝鮮からかは分からんが、銀の鉱石から銀だけをうまく取り出す方法を学んで、交易に使える純度の高い銀を作り出したそうだ」

「明の大地でも、もっと銀は掘り出さねばなりませんね」

「そうだな。それに潤沢に銀が採られているからか知らんが、日本での銀の価値は明における銀の価値より低い。驚いたが、日本で使われている銅銭は、みなこの国から持っていったものだそうだ。だから分かりやすい。今、明で銀一両は大体七百五十文だが、日本では銀一両が二百五十文だそうだ。だから銅銭を持っていって銀に変えて持って帰れば、それだけで三倍の利益になる」

茂七の話はまだまだ続いた。

銀は純粋の銀のままで発見されることはまずない。ほとんどがほかの金属と一緒になった状態で取り出される。銀にとって不純物となる金属を取り除く技術が必要であった。石見ではまず鉛と一緒にして熱を加えた。そうすると銀と一緒になっていた金属は取り除かれ、その代わり鉛と銀が溶けあったものが出来上がる。貴鉛《きえん》と呼ばれる。銀がほかの金属と比べて鉛と一緒になりやすい性質を使った手法である。そして今度は貴鉛に熱を加えていくと、低い温度で溶ける鉛のみが分離して銀が残る。最後の工程を灰の上で行ったことから、灰吹法と呼ばれた。

「石見ではどんどん銀が掘り出されているそうだ。今の日本は大名と呼ばれる領主が激しい争いを続けているが、石見で銀が取れるという噂は瞬く間に広がって、大名の間の戦いが一層激しさを増しているようだ」

王直は日本の政治情勢も大分詳しく調べてきたらしく、どこの誰と交易すべきかを許棟に伝えており、茂七の耳にも入っている。

「日本の西の大名では、豊後に拠点を置く大友氏と、周防とその周辺を押さえる大内氏の力がひときわ強いそうだ。今後の交易もこの二人の大名を念頭において行う必要があるだろう」

「それだけ銀があるのならば、かなりの交易ができますね。何が一番売れるのだろうか。南の胡椒や香木か、それとも明の茶や絹か」

葉子春も徐々に気持ちが高ぶってきた。今後交易の幅や量が大きくなるかもしれない。

「日本人が一番買うのは生糸だと王直は言っている。日本でも昔から蚕を飼って糸を取り出し、絹織物を作る技術はあるそうだ。ただ、生糸も織物も明に比べて品質が落ちる。王直が持っていった生糸と絹を見せたところ、大友氏と松浦氏はかなりの金額で買ってくれたそうだ。博多の商人も、これは売れると言っている。だから良い生糸と絹織物を持っていけば、銀が手に入る」


葉子春は先日寧波で会った沈一観の話を思い出した。確かに絹の糸を作る工程には、かなりの知識と経験が必要だ。さらに染色や織る技術を考えると、品質の点で有利な明の生糸と織物はもっともっと日本で売れるだろう。沈一観は自分が扱う絹に相当の自負を持っていた。うまく結びつけられるかもしれない。

茂七はもう一つ意外なことを葉子春に伝えた。

「博多から一人の男を連れてきた。もともとは明の男で趙昂《ちょうこう》という。今は日本の名前で弥吉と名乗っている。なんでも十歳の頃、日本の倭寇にさらわれ、博多に連れていかれ、そこで育った。だから明の言葉と日本の言葉を両方話すそうだ。これからの交易に手助けになると王直が連れてきた。許棟のところに今住んでいるが、いずれ会えるだろう」

そんな境遇の男もいるのかと葉子春は同情したが、同時に興味も覚えた。どんな奴だろう。


ポルトガルの館では、ゴンサロとアンドレが三人のポルトガル人と話していた。奥の炊事場からはイレーヌすなわち圓圓が紅茶を入れており、大きなカップに入れて五人に運んできた。三人のうちの一人が説明を始めた。

「私の名はアントニオ・ダ・モッタ、一緒に来たこちらがフランシスコ・ゼイモト、そしてもう一人がアントニオ・ペショトです。ありのままお話ししますが、私たちはディオゴ・デ・フレイタス船長の船の船員で、シャムへの交易に出かけ、ドドラという港に泊まっていました。しかし、この航海を通じて船長があまりにも厳しい仕事を課すので三人とも疲れ切っていました。その時港に明国の小さな船が入ってきたので、船員が陸に出かけた月夜を狙って三人で船を盗み、明国を目指したのです。規律を破った脱走と言われても仕方ありません。ところが途中で嵐に会い、舵も壊れて漂流していたところを明国の別な船に救われたのです。その船には王直という男がいて、日本に向かう途中でした、それからいろいろなことがありましたが、とにかく日本のいくつかの港を回って、やっとこの双嶼に辿り着きました。ここに自国のポルトガル人が住んで交易をしていることを知り驚いた次第です」

ゴンサロは話を聞いて、じっと考え込んでいた。ポルトガルの船から脱走した、というだけで公にすれば罪となる。まして明国の船を盗んだことが知られれば、これもただではすまないだろう。ただ、今まで行ったこともない日本の実情をかなり知っていることは、非常に貴重だ。ポルトガルにとって有益なことがあるかどうかを確認することが必要だろう。ゴンサロは告げた。

「詳しく聞きたい。日本では母国ポルトガルにとって何か有益な交易品はあるか」

「いくつもありますが、まずはアルマ・デ・フォゴ（鉄砲、以下鉄砲と記す）です。これはフランシスコが話した方がよいでしょう」

とフランシスコに詳しく話すよう促した。

「我々三人を助けてくれた明国の船も、ある晩嵐に遭い、帆をやられて航海を続けるのが難しくなったのです。翌朝、海の波が収まってきて北を見ると島が見える。なんとかそこまで着きたいと必死に皆で船を操りました。海岸に着くと、島の人間が集まってきたが、誰とも言葉が通じない。そのうち身分が高そうな島の住人が、細い棒で砂の上に何か字を書き始めた。多分明か朝鮮の言葉だろうと私は思いました。そうしたら、先ほどモッタが話した王直がやはり小枝で砂に字を書き、意思が通じたのです。明国の字でした。それで我々はこれが日本の領土の種子島であることを知りました。その後、指示されるままに船をもう少し北の港に移動させ、陸に上がり、その後船を修理することができました」

「助かった様子は分かった。それで種子島で何かあったのか」

「そのことです。私はポルトガルから来た船では護衛の役目をしていましたので、いつも鉄砲を抱えています。漂流していたときも、鉄砲だけは大事に守っていたのです。種子島にいる時、鳥が多いので、食料確保のため付近の小山に入り鳥を撃っていました。それを見た島の住民が驚いて、種子島の領主に伝えに行きました。若い領主で種子島《たねがしま》時堯《ときたか》と名乗っていらっしゃいましたが、その方が鉄砲に大変興味を持ち、なんとか欲しいとおっしゃるのです。

どうしようかと三人で迷いましたが、助けてもらったこともあり、また逆らったら我々への対応が一挙に変わるかもしれないと思い、二丁だけ売ろうということで交渉したのです。そうしたら、とんでもない高い対価で買ってくれたのです。日本ではこのような武器がまだないことと、国内で多くの大名が争いを続けていることから、強力な新しい武器が欲しいのだと思います。これを交易の品に加えれば、間違いなく彼らは買います」

「そうか。鉄砲がそれほど珍しいのか」

「なんといっても、これは戦いに使えると瞬時に閃いたからなのでしょう。時堯様は、それから朝な夕な手元に置いた鉄砲を自ら磨き、庭で撃つ練習を行っていらっしゃいました。最初は十発に一発くらいしか的に当たらなかったのに、ひと月もしないうちにほぼ百発百中の腕前になり、部下に自慢をしていらっしゃいました」

「そうか。ゴアにある鉄砲を数十丁取り寄せてみる価値はありそうだな」

「それから、面白いこともありました。時堯様はもっと上達したいと思ったらしく、私を呼んで、鉄砲をさらにうまく撃つ奥義を教えろ、とおっしゃるのです。間には言葉を多少解する者を入れているのですが、これがなかなかうまくいかない。私は心を静めて、片目で標準を合わせることですと申し上げた」

「そのとおりだな」

「その〝心を静める〟ことを、どうも〝心を正しくすること〟と理解されたようなのです。

先聖の教えにもあり、自分もそれを学んだのだとおっしゃる。心を正しく持つことは悪いことではないから、敢えてそういう意味ではありませんとは申し上げなかった。それから〝片目にする〟と広く世が見えなくなる、なんでそんなことをするのか、と問われる。片目にしても決して見えるものが狭くなることはありません、としかお伝えできませんでしたが、老子の〝小を見るを明と曰う〟とか私には分からないことを一人呟いていたそうです。とにかく、私のつたない話を納得されていました」

「そうか分かった。そのあたりの話は改めてゆっくり聞こう。それ以外に日本で有利な交易品はあるか」

　アントニオ・ダ・モッタが答えた。

「こちらからの持ち出す交易品の話の前に、日本から持ち込みたいものの話をすると、筆頭は銀です。これほど大量の銀があの国にあるとは驚きです。この銀を手に入れれば、母国は大いに繁栄します」

　モッタは茂七が葉子春に伝えた内容とほぼ同じ話を、ゴンサロとアンドレに伝えた。銀がそれほど豊富と聞いて、茶を出した後一緒に座り込んでいたイレーヌの顔にも驚きの表情が見える。しかし、モッタは、茂七が葉子春に伝えた内容にはなかった次の話を付け加えた。

「もう一つ日本の大きな産物は金です。金の量が多い、というわけではありません。金の値です」

「金の値が我々の取引の値と異なるのか」

　ゴンサロが尋ねると、モッタが答えた。

「これは我々ポルトガル人だけが知りえたことなので、明国の人間にも日本人にも伝えていません。実は日本で金と銀の交換の率が、大体一対五なのです。ポルトガルの周辺の国々で交易すれば、相場は概ね一対十ですから、日本では半分の量の銀で金が手に入るわけです。ということは銀を持ち込み金に交換して本国に持ち帰れば、それだけで倍の利益になります。銀を手にすれば、明国で購入できる品物が間違いなく増えます。そして、金を手に入れれば、本国で確実な儲けとなります。だからどちらも欲しい。ただし、銀は日本の普通の商人との取引で手に入りますが、金はごく一部の商人か大名しか持っていません。取引に工夫が要ります」

「なるほどこれは面白い。日本との交易を拡大しなければならないな。ところでその銀や金を手に入れるためにこちらから持っていくべきものは何か」

「日本人が鉄砲を使い始めれば必ず火薬の材料である硝石が必要です。しかし、日本では硝石はないようです。だからこれはまず売れるでしょう。それから陶磁器、甘草などの生薬も商人は欲しがっています。でも、なんといっても一番は生糸と絹織物でしょう。絹織物は高価なので多くは売れないかもしれませんが、良い生糸を欲しいという商人は多くいます。それも良い値で売れますから、生糸で銀が手に入ります」

男五人にイレーヌを加えた話はまだまだ続いたが、終わってゴンサロとアンドレが残ると、さらに二人で話を始めた。ゴンサロが時々天井を見ながらゆっくり語り始めた。

「我がポルトガル王国とカスティーリャ・アラゴン連合王国（現スペイン、以下スペインと記す）は、トルデシリャスで条約を結び、アフリカのベルデ岬沖諸島の西三七〇レグア（約二千キロメートル）の子午線で線引きして、東はポルトガル、西はスペインのものと決めた。そして両国は実支配する地域を広げているわけだが、この条約を周りのイングランドやフランスは非常に不満に思っている。ただ、パパ（ローマ法王を意味する）がこれを認めているので、地団太踏んで見ているしかないわけだ。そのパパのお言葉をいただくためには、新しく開拓した地が、キリストの祝福を受ける地でなくてはならない。

香料を産するモルッカ諸島をめぐる両国の争いは知っているだろう。トルデシリャス条約でアフリカの西に境界線を引いたのはいいが、地球の反対側の境界線をどこに引くかが定かではない。多分モルッカ諸島のあたりだとしか分からない。それで両国が揉めたわけだが、結局我が国が勝った。後にスペインがフィリピン諸島に進出したが、あそこでは香料はあまりできないので、我が国は放っておいた。話が出ている日本は、どうやらモルッカ諸島と同じくらいの子午線上にあるようだ。このままでは再びポルトガルとスペインが、日本を支配下ないしは影響下に置くために争うことになる。これを防ぐには、できるだけ早く、我が国の力で日本をキリストの祝福を受ける地にしなければならない。それをパパに認めてもらう。これからゴアの総督に手紙を出して、それが実現できるよう働きかけよう」

二人の話が終わったのは深夜を過ぎていた。

第九話　黄岩の倭寇

寧波の少し南方に台州と呼ばれる地域があった。その台州の小さな港町である黄岩《こうがん》に一隻の船がやって来た。乗っているのは頭目である李剛《りごう》と十五人の屈強な男たちで、船は双嶼からやって来た。海の強い陽を浴びた男たちの肌はみな浅黒く、特に李剛の顔は焦がしたうえに油を塗ったように黒く光っている。彼らは南方の品を主に扱う者たちで、ひと月前に南の島で仕入れた丁子と沈香の取引を双嶼の交易所で行っていた。

彼らは、取引はすぐ終わり、十分な利益を上げることができるともくろんでいた。ところが、双嶼の交易所では思うように買い手がつかない。倉庫に保管してもらい、交易の場に三度出したのだが、半分も売れない。船は漳州の商人のもので、李剛は期限をつけて借りている。借り賃の半額は払っているが、後の半額を期限までに払わねばならない。払えなければ大きな借財を背負うか、最悪この世界での取引から外される。

李剛が双嶼でやや焦っている時、助け舟を出したのが漳州から来た楊吾一《ようごいち》だ。なんでも以前台州のいくつかの港町で交易を行い、丁子はかなり売れたとのこと。金持ちが多いので沈香も売れるだろうと言う。李剛はこの話に飛びついた。双嶼から十数人の部下を連れ、二日半かけて台州の黄岩に辿り着き、沖の島陰に船を停め、明日からの交易に向かうこととなった。

「取引を行う定まった場所はないのだろう」

李剛は楊吾一に尋ねた。

「頭、定まった場所はねえよ。黄岩で一番金を持っている劉敏《りゅうびん》の屋敷の庭を借りてやるんでさぁ。あの親父も買ってくれると思うし、町の旦那方を庭に呼んでくれる。うまくいけば持ってきた荷は、全部ここで捌《さば》けますぜ」

朝日が昇る直前に小舟で荷揚げされた丁子と沈香は、劉敏の屋敷の庭に並べられた。あとは朝飯を終えた旦那方が買いに来るのを待つだけとなった。ただ、李剛と楊吾一が知らないことがあった。それは別な船がひと月前にこの港に入り、ほぼ似た品の商いをしたばかりであったということだ。一方、劉敏が知らないことがあった。それは李剛が儲けをなんとか多くしたいため、丁子に似た形をしており、現地でザーガと呼ばれる別な植物を少し混ぜて準備したことだ。

丁子は熱帯に自生する樹木の花蕾を乾燥させて作り、出来上がったものは錆びた釘のような色をしている。形が漢字の丁の字にも見えるため丁子と呼ばれた。非常に強い香気を放ち、当初は口に含み口臭を消すために使われたらしい。その後肉料理の香辛料として適していることが分かり、茶の香りづけにも使われ、さらに薬の材料としても効果が認められた。従って買い手の範囲は広い。ただ形は似ているが香りのやや弱いザーガのような類似の花蕾もあり、見分けが必要である。

もう一つの沈香は香木であり、熱することにより、ほのかな甘さを伴う高貴な香りを発する。当時は部屋や衣服に香を焚くために使われ、後には線香の材料ともなった。多くは採れず、高価なため買い手がそう多くつくわけではない。ただ、売れれば儲かる。

五人の旦那方が庭に集まって取引は開始された。旦那方のうち二人はひと月前沈香を手に入れていたため買わなかったが、残りの三人は、この一月の間に、その二人に沈香を自慢されて面白くなかったため、李剛の沈香に興味を示した。さほど高い値ではなかったが、とにかく三人は買うということになった。今日は十分な金が準備できないため、翌日代金を支払い、品物を受け取ることとした。

商いがつまずいたのは、李剛がザーガを混ぜて売ろうとした丁子の扱いだった。旦那方の一人が興味を示したが、香りを嗅ぎながら少し首を傾けている。そして、今日は代金の一部を置き、家で品物を調べて間違いなければ明日残りの全額払うという。李剛はほんのわずかな前金で丁子全部を渡すべきかどうか一瞬迷ったが、ザーガのことはどうせ分かるまいと、三つの麻袋に詰め込んだ丁子を全部渡した。

翌日代金を受け取るために、二人の部下を連れて再び上陸した李剛が受けた言葉は、予期しないものであった。

「おまえさんたち、うちら台州の商人をなめてかかっているんではないですかい。こんな中途半端な丁子を渡して金を受け取ろうとは不届きだ、わしらもお上の掟を破って商いをすることとなるので、あまり大げさなことはしたくない。だから今度の取引の支払いはなしとして、品物だけをこのまま置いて行きなさい。残金は払わぬ。これでいいですな」

昨日沈香を買うと言った三人も続けた。

「沈香も支払いなしで置いていきなさい、と言いたいところだが、それではおまえさんたちも困るだろう。だからそうは言わない。だけど沈香の取引もなしだ。さっさとここから出ていきなさい」

家の主人の劉敏は庭の奥で腕を組み、薄笑いを浮かべながら見ている。

李剛の頭に血がさっとのぼった。確かにザーガを混ぜた自分が悪い。しかし、渡した品物のほとんどは間違いなく丁子であり、その価値は相当なものだ。それに、この五人はどうやら示し合わせて動いているように見える。ここで引き下がれば後で劉敏を入れて、丁子を山分けにするのだろう。そして自分は船の借金は返せず、仕事も続けることはできなくなるだろう。拳はいつしかぎゅっと握り締められ、気がついたら李剛は目の前の男を殴り倒していた。慌てて劉敏が棒を持ってこちらに向かってきた時、李剛に同行してきた二人のうち一人が懐から刃物を出し、駆け寄って劉敏の腹を刺した。もう一人は走って港に向かい、船に残っている仲間を呼びに行った。

劉敏の血を見た時、李剛はふと我に返ったが、もう遅かった。ここまで来れば、すでに交易の世界ではない。どちらが生き残り、どちらが死ぬかの世界だ。李剛も懐から刃物を取り出し、目の前で怯えて動けなくなっている四人目掛けて襲い掛かった。一人は刺したが、残り三人は大声を出しながら、庭から外に逃げ去った。

間もなく、船から大小の刃物を光らせながら、仲間の男たちがやって来た。

「頭、こうなりゃもう後には戻れねえ。このあたりで皆やっちまいましょう」

楊吾一の言葉に、李剛も腹を決めた。

「よし、でかそうな屋敷と蔵を狙え。衛所の兵が来るには半日はかかるだろう。昼過ぎには引き上げるぞ」

かくして黄岩の集落は、十六人の屈強な男たちの略奪の場となった。屋敷に入り刃物を突きつけ、蔵の鍵を出させ、金目のものはみな奪う。銀塊や銅銭、生糸、絹織物など略奪できるものはみな船に運び、昼過ぎには港を出て双嶼に向かった。黄岩の集落には四人の死体が残り、一軒の家は焼かれて黒焦げの柱がぶすぶすと煙を上げていた。

衛所の兵は午後遅く台州府から駆けつけてきた。船はすでに港を出た後で、兵は被害の状況を確認するとともに、劉敏の庭に集まり生き残った商人に騒動の理由を問いただした。本当のことを言う者は誰もいない。ただ口を揃えて、〝倭寇〟が突然襲ってきたと話した。襲ってきた男たちは十数人であることも話した。

台州の衛所は、このような事態を防ぐことができなかったことを、中央から責任を問われることを畏れ、百名を超える倭寇が突然襲ってきたので防止できなかった旨報告を上げた。

ただ、聞き取りを行った集落の一人が、賊の会話の中で双嶼という言葉を耳にしており、倭寇は双嶼から来たらしいとの一文を報告書に入れた。

同じ頃、台州の南にある温州府の巡撫《じゅんぶ》にも倭寇襲来の報告が上がってきた。三隻の船で突然やって来て、港を荒らして金目のものを奪い、民家に放火し、女に狼藉を加えた。二百人を超える男たちで、うち数十人は裸足、頭は奇妙に剃り、軽く湾曲した刀を振り回してきた。あの頭の剃り方は間違いなく倭寇だという報告である。各地の報告は遅滞なく北京の宮廷に送られた。

「倭寇」という言葉は、「倭」と「寇」の二文字からなる語である。「寇」は外から侵入して害を加える賊という意味であり、鎌倉時代に起きた元の襲来を「元寇」と日本では呼んでいる。「寇」という字は、襲われた方から見て、無法な加害者に対する憤りが込められた響きがある。「倭」は古くは日本を表す言葉として中国で使われた語であるが、飛鳥時代に自らを日本という国名で名乗って中国に使節を出して以降、中国でも「倭」という言葉は使われなくなり、『新唐書』以降の歴史書は「日本伝」と記している。もともと「倭」には、中華の国から周辺国を見た侮蔑的な意味合いがある。その二語を併せたのが「倭寇」であり、当然のことながら日本で使い始めたわけではなく、中国や朝鮮半島で使われた言葉である。

倭寇という言葉はかなり古い時代から使われたらしいが、その頻度が急に増加するのは十四世紀の中頃からである。日本から朝鮮半島の高麗に押しかけた賊が、村の蔵から食糧を強奪したり、官の食糧を輸送する漕船を襲い食糧を奪ったりする事例が高麗の史書に多く残っている。なぜこの時期に急に増えたかは分からないが、食糧を奪う事例が多かったことから、日本で大規模な旱魃なり水害が起きたことが原因であったのかもしれない。高麗から李氏朝鮮に変わった王権も、この事態を捨ておくわけにはいかず、足利幕府に倭寇の取り締まりを強く要請した。それを機に、徐々に倭寇は減少した。歴史書はこの時期の倭寇を「十四世紀の倭寇」と呼ぶ。

元の末期から明の建国までの混乱期に、再び中国から朝鮮半島にかけての海は荒れ模様となる。朝鮮半島に一番近い明の山東半島で海岸に押し寄せる賊が増え、南の江蘇・浙江では、明を建国した朱元璋に最後まで対抗した張士誠の残党などが海岸を荒らした。国土の海岸を荒らす倭寇を抑えるために、明朝は再度足利幕府に取り締まりを要請し、足利義満はこれに応えて壱岐・対馬などから出ていた倭寇を禁止させた。これにより、明と日本との交易が始まる。

一方、江蘇・浙江方面での倭寇の事例は、倭寇とは呼ぶものの、ほぼ明国の人間による襲撃で、これを取り締まるため、明朝は海禁と呼ばれる政策を実行し、人々を海での諸々の活動から切り離す決断をした。その結果、不法な行動のみならず、海外の国との交易も法に違反する行為となった。とはいえ、江蘇・浙江・福建などの民は多くが海を通じての交易で生計を成り立たせていたため、そう簡単に止めることはできない。海禁政策の厳守は何度も繰り返し明朝から発せられたが、明国の南の地域ではその後事実上空文化した状態で推移した。

第十話　弥吉こと趙昂

夕刻が迫る双嶼の港の海岸に、一人の男が佇み暮れる空を眺めていた。葉子春はその男が王直の連れてきた趙昂または弥吉と名乗る男であることを数日前に知った。ただ話したことはない。葉子春よりやや背は低いが、背筋の通った体つきをしている。肩から伸びた腕が太い。倭寇にさらわれて日本に連れていかれたという。その話に興味を覚え、近づいて後ろから話しかけた。

「今日は凪で海が静かですね。風も気持ちよい。ところで故郷はどちらですか」

振り返った趙昂は、少し驚いた顔をしながらも答えた、

「蓬莱鎮《ほうらいちん》です。山東の北の海辺です。ご存知ですか」

「北の海辺というと烟台《えんたい》の近くですか」

「烟台より少し西です。蓬莱というと名前だけは仙人が棲む夢のような地に聞こえるかもしれませんが、冬は寒い海風が吹き込むただの港町です。海の向こう側は朝鮮で、昔から行き来が多くありました」

「そうですか。ところでふと耳にしたのですが、あなたはさらわれて日本に連れていかれたとか」

「あはは、もう皆に知られているわけですか。そのとおりです。私の名は趙昂ですが、弥吉でもあります」

「随分大変な経験でしたね」

「そうですね。でもこのくらいの話は、世間にかなりあるのではないでしょうか」


趙昂がさらわれたのは嘉靖十二年の秋のことだという。今から十年前だ。突然倭寇が蓬莱鎮の中心部に押しかけ、略奪を始めた。趙昂の家は町のはずれにあり、貧しい地区であったので、まさか自分の家の付近にまでは来ないだろうと思っていた。ところが、商人の家を襲った倭寇の一部が、こちらに向かってくるという噂が流れた。一刻も早く逃げねばならない。走ったくらいでは賊に捕まるかもしれない。しかし、家には農耕馬一頭しかなかった。

「馬で逃げれば助かることは分かっていました。でも家には父母と兄妹がいる。馬にはせいぜい二人しか乗れない。その時、父は真っ先に兄を乗せ、それから少し迷って妹を乗せ、南の小山を目指して逃げろ、と言ったんです」

「お父さん、お母さんとあなたが残ったわけだ」

「そうです。どこに隠れようかと思案する間もなく、賊がやって来ました。家には金目のものは何もない。なんで来るのかと思いました。そうしたら、六尺もある大男がいきなり私を担ぎ上げたのです」

「金ではなくて、人をさらうのが目的だったのですね」

「そうだろうと思います。私は必死に叫びました。こんな恐ろしい目に遭ったことはありません。今でも思い出すと胸が苦しくなります。父に大声で助けを求めました」

「賊が立ち塞がっては難しかったのでしょう」

「そうだと思います。でも、でもあの時、私を見つめた父と母の顔と目が忘れられない」

「どういうことですか」

「何が何でも助け出したい、という表情ではないと感じたんです。悲しみと諦めの表情に交じって、何かこれでいい、とでもいうような目つきだと感じたのです」

「そんなことはないでしょう。可愛い息子をさらわれて平気な親がいますか。動転して気持ちが凍りついたような状態だったのでしょう」

「そうかもしれないが、そうでないかもしれない。私は次男です。長男がしっかり育てば、農家に男の二人目は要らないのかもしれません。うちは佃戸《でんこ》（小作人）ではないので、十六歳になれば土地がお上から与えられるということに一応なっています。でもここ数十年、そんなことは実際には起きていない。もともとあの付近は狭い土地なので、次男、三男にお上が土地をすんなり与えることはできない。耕すとすれば、誰も手をつけていない山奥を開墾するしかない。父と母の老後の面倒は兄がいる以上大丈夫だ。だから父母も私をどうしようか、ひょっとしたら悩んでいたかもしれないのです」

「うーん、そこまで考えなくとも良いのではないかと思いますが」

「ところであなたは長男ですか、次男ですか」


問われて葉子春は、自らの思考の回路が急に変わったことに気がついた。今までは、趙昂の身の上話をやや距離を置いて聞いていた。しかし、今の問いで、見ず知らずの趙昂という男の立場が、次男である自分と重なったのだ。自分は九姓漁民に対する差別に腹を立てて家を飛び出したので、父母に何か不満があったわけではない。でもあのまま舟の家に住み続けていたらどうなったか。兄は嫁をもらうだろう。妹は嫁に行くだろう。自分が新しく舟を手に入れて独立するためにはどうしたら良いか。もちろん自分が一生懸命働かねばならないが、それだけでは独立するのは無理だろう。父母にもそれなりの負担がかかってくる。そのことは自分の意識の底流に答えが出せないまま、確かにずっと流れていた。九姓漁民に対する差別という理由は、家を飛び出した自分の行動の単なる発火点だったかもしれない。底流はむしろ次男であるという事実そのものではないか。母は出ていく自分を必死に止めたが、父はさほど大きな反対はしなかった。そう思うと、急に趙昂の気持ちに近い何かを感じた。

「さらわれた日本では随分辛い目にあったのでしょう」

葉子春の問いに意外な答えが返ってきた。

「それがそうでもなかったのです。着いた町は博多といって、商人の町でした。私も日本に着くまでは泣き続け、着いてからは辛い日々が来るのを覚悟したのですが、着いたら子どものいない中年の夫婦の家に預けられたのです。多分その夫婦は倭寇に金を払って子どもが欲しいと言っていたのでしょう。もっと小さい子を想像していたらしく、やや大きい私を見て少し驚いたようでした。ご主人は商いで学んだとかいうことで多少の漢語ができる方でした。よほど子どもが欲しかったらしく、私を随分可愛がってくれました。なにより嬉しかったのが毎日食事にありつけたことです」

「そうですか」

「近所の子どもとも少しずつ仲良くなり、自然に言葉を覚えました。博多の町にはかなりの明国の人間も住んでおり、その人たちとも接触するようになって、だんだん自分のこれからの生き方を考えるようになったのです」

「どういうことですか」

「博多や九州の大きな町では、明国に交易に出かける者が多いのです。正式には勘合貿易の船で行くしかありませんが、実際は船がもっと頻繁に出ています。そこには日本の言葉と明国の言葉の両方をできる人間が必要なのです。それが分かった時、それならその仕事で生きてみようと思い、必死に日本語を学びました。実際私のように明国からさらわれて、博多で育てられ、その後遣明船の通事をして働いた方がいます。博多というところは、外から来た人に対してよそ者扱いをしないところなんです」

「そうですか。それでも通事になるほど言葉を学ぶのは大変だったでしょう」

「大変でした。子どもの遊びの言葉ならすぐ覚えられるのですが、それでは仕事に使えない。調べてみたら、神社で朝鮮や明の言葉を学んでいる人が多いことが分かりました。博多にはいくつか大きな神社があります。筥崎宮《はこざきぐう》、住吉神社、櫛田神社、志賀海《しかうみ》神社。外国に行く船は、それらの神社に航海の無事を祈る。博多から出た遣明船も、どれかの神社で神楽を奉納して、太刀を寄進するのがしきたりです。そんなことで、博多の神社は外の世界との接点が強く、自社の中で言葉ができる者を育てている。明から来た船は、その中で海神を祭神とする志賀海神社に詣でるので、志賀海神社には日本語と明の言葉ができる者がいつもいるし、またそういう人間を育成する必要がある。そこまで分かったので、日本の親に許しをもらって、志賀海神社に時々行って、明の言葉を教えながら日本語を学んだのです」

「そうでしたか。随分努力をされたのですね。遣明船の通事にはならなかったのですか」

「それも考えましたが、遣明船の派遣は数年に一回しかありません。そんな時、王直さんが博多に来て、双嶼で仕事をしないかと誘ってくれたのです。これだと思いました。日本の父母は大分年を取っていますが、さらわれた子どもを金を出して引き取ったということに対し、ずっと何か重い気持ちも持っていたようで、独立したいという私の話を聞くと分かったと言ってくれました。育ててくれた日本の親の面倒を見なくともよいのか、というようなことも意識の中に感じましたが、いいから自分の道を行けと言われたんです」

すっかり暮れた双嶼の港の海岸で二人は別れた。葉子春は暗くなった道を歩きながら考えた。趙昂は国と国との間にある空間のような広がりの世界で生きようとしている。考えると国というものは人が勝手につくった仕組みであり、国境もつくられた仕切りの壁にすぎない。もともとそんなものはなかったのだ。為政者にとっては、国を治める仕組みをつくり、異国との壁を厳しく固めるのは大事なことかもしれないが、民にとってはあまり関係ないし、むしろ迷惑なことかもしれない。確かに外から敵が襲ってきたら国が守ってくれるのかもしれないが、趙昂の場合で言えば、それすら国はできていない。そのうえ、汗水垂らして働いた収穫の多くを差し出せと言われ、さらに国を守るという名目で兵に取られる。そう考えると、国と国との狭間の世界で、国の保護などあてにせず、うまく生きていくことができれば、それも一つの生き方だ。今自分が立つ位置も、考えてみればそれに近いかもしれない。

第十一話　釈寿光の遣明船

嘉靖二十三（一五四四）年のある日、双嶼の港の沖に大きな船が停泊した。この付近ではあまり見かけない船の造りで、普通大型の船は三本の帆を持っているが、この船には二本の帆しか見えない。船首の水押《みよし》の形も独特だ。許棟と一緒に船を見ていた王直が、

「あれは日本の船です」

と言った。許棟はそれが日本の船であることは、数日前に市舶司の魏震から知らされていたので分かっていたが、驚いた様子を見せ、

「そうか、なんで来たのだろう」

と答えた。


船は釈寿光《しゃくじゅこう》という僧を正使とした遣明船である。前年に種子島を出港したが嵐に遭い引き返し、翌年改めて出発し、ようやく寧波の港近くにまで辿り着いた。派遣したのは豊後を治める大名の大友義鑑《おおともよしあき》である。ところが、寧波の市舶司である魏震により、受け入れを

拒否された。

　勘合貿易と名づけられた明と日本の交易は、明の成祖永楽帝と日本の室町幕府将軍足利義満との間で始められた。十五世紀の初頭である。その際、遣明船の派遣は十年に一度で、人員や船数も一定数との取り決めがあったとされる。その後、同様な取り決めが両国間で数回確認され、釈寿光が明に向かった時代には、十年一度に加え、人員は三百人、船数は三隻と定められていた。しかし、実際の記録を見ると、十年一度の取り決めはほぼ無視されており、二、三年の間隔で実施されたこともあった。

　ところが、ある段階から明側の態度が変わった。厳しくなったのだ。背景には明国の北を侵す蒙古の影響がある。蒙古が建てた元朝は、その末期に各地で起きた蜂起を収束できず北に逃げたが、滅亡したわけではない。むしろその後、力を蓄えてしばしば明国の領土を侵した。討伐に向かった第六代皇帝の正統帝《せいとうてい》は、元軍に包囲されなんと捕虜になってしまった。十五世紀の中頃である。

　それ以降、明の政治は混乱期に入り、蒙古の脅威が北京の宮廷を覆い、それに対するため、長城の新たな建築と補修に向け人民が大動員されることとなった。明朝は北虜南倭《ほくりょなんわ》に悩まされたと記録されているが、北京の宮廷にいる官僚、宦官は北虜こそ最大の危機と受け取った。

勘合貿易は、建国した明朝の正当性を周辺諸国に認めさせる意味合いが強い。臣下の礼をとって貢物を持参した外国の使節に対し、その忠心を褒め、一層豪華な下賜品を与えて明朝の権威を保つ。いわば面子の交流であるが、経済的な負担は明朝側が大きい。勘合貿易による交流を頻繁に続けては、軍備で苦しい国の財政が持たない。このような時期に遣明船が来たので、市舶司の魏震は十年一度の原則を盾に上陸を拒絶した。

「お国は今まで何度も十年より短い間隔で、遣明船を受け入れていただいたではないですか。日本国王が貴国の皇帝に捧げる品々をここにお持ちしておるのです。なんとか北京の宮廷までお届けしたい」

釈寿光は市舶司の魏震に対し懇願した。

「過去の事例は過去のこと。だからと言って、十年一度の約束がなくなってしまったわけではありません。ましてや嘉靖二年の寧波の大乱はよくご存知でしょう。その際、お国の方に切られて亡くなった役人の妻や子がこの街にはまだいるのです。そのような事情ですので、今回のご訪問はお受けするわけにはまいりません」

このようなやり取りが日を挟んで数回続いた。四回目の会合の最後に、魏震は釈寿光から目を外し、窓の外を見ながら呟いた。

「双嶼という港で密貿易をやっている連中がいるそうで、困っておりますよ。大分大きな商いのようだ」

釈寿光は双嶼という字を書きとめ、至急調べさせた。どうやら魏震の言っていたことは本当のようだ。釈寿光は考えた。遣明船は三つの種類の交易を意図している。一つは日本の国王から明の皇帝へ進物を捧げ、見返りに下賜品を受ける。ただこれは、北京に行けない以上どうしようもいない。二つ目は明朝が買い上げてくれることを期待して積んできた荷物で、刀剣や硫黄、銅、扇などの品目があり、これらは明朝でなくとも誰かが買ってくれればよい。三つ目は同行の商人たちが交易したい品々で、持ってきた銀で明国の生糸や絹織物、さらに書画や陶磁器を買いたい。

遣明船の名目上の目的は一番目の朝貢だが、実質的には二番目と三番目の交易が大きな利益をもたらす。この遣明船を仕立てるには、大友家の出した金以外に、商人の出資した金が大きい。当然のこととして見返りを期待している。北京に行けなかったことは、なんとか釈明できるだろうが、全く交易をできずに帰国したら非難の刃を向けられるだろう。釈寿光は双嶼行きを決断した。

市舶司の魏震は、許棟に密かに使いを出し、日本の遣明船が双嶼に行くだろうと伝えた。

小舟が遣明船から双嶼の港に向かってきた。乗っているのは正史・副使に次ぐ地位とされる居座《こざ》の東岳法全《とうがくほうぜん》であり、臨済宗《りんざいしゅう》相国寺派《しょうこくじは》の僧侶である。一人の従者と通事を同行させている。着岸後、双嶼の代表者に会いたい旨伝えてきた。許棟が部下を二人連れて交易所から港に向かった。さほど時間が経たないうちに、部下の一人が交易所に戻って来た。

「頭が、王直さんと葉子春、それに趙昂を連れてこい、と言っています。なんでも話がよく伝わらないようです」

三人が許棟の部下に連れられて港に行くと、許棟と東岳法全が通事を介して話を進めているが、大分手間取っているようだ。日本から来て、正規な道筋で勘合貿易を行う術は事前に心得てきたものの、全く違う場での取引を行うにはやや知識が不足している禅宗の僧と、日本人と初めて話をすることになった許棟が、どちらもややぎこちない対応をしている。日本に行った経験がある王直が間に入り、会話を始めると話が動き始めた。東岳法全は特に生糸について聞いているようで、蘇州の沈一観との生糸の取引について葉子春が許棟に報告していたことから、葉子春もこの場に呼ばれたことも分かった。趙昂は、日本側の通事がいるので控えていたが、何か気になるようで、時々会話の場を離れた場所から見ていた。その時、趙昂と日本側の通事と目があった。その通事が低い声を出した。

「や、や、弥吉でねえか」

趙昂は興奮気味に答えた。

「李強か」

あっけにとられた東岳法全や許棟を尻目に、二人は駆け寄って驚きと喜びの声を上げた。

「博多の遊び友達でした」

趙昂は許棟と王直に説明した。李強は日本語で同様な説明をしているようだ、それから話は円滑に進みだした。

「港で話していても仕方がない。まず、交易所を見てもらおう」

許棟が東岳法全を案内した。


李強の父は明国出身で、商いのため海禁の掟を破って日本に渡った。博多の街が気に入り、明に帰る仲間と別れ、街のはずれにある唐人町に住みついた。そこはさまざまな理由で博多に流れ着いた明国出身者が住むところで、母となる女性と知り合い、李強が生まれた。家の中でも近所でも明の言葉しか使わなかったが、遊びたい時には、日本人の子どもの輪に入った。そこで明の言葉が分かる趙昂と知り合ったのだ。大きくなるにつれて二人の関係は自然に疎遠になったが、顔にはお互い見覚えがある。少し喧嘩をしたことはあったが、概して仲良しの友達だ。

居座の東岳法全は、この島での交易が明の法に触れることを承知しており、あまり長居をすることを好まなかった。できれば二週間程度ですべての取引を終えたいという。さらに、東岳法全の話によると、遣明船でやって来た日本の商人は、買いたいものの筆頭に生糸と絹織物をあげているという。かなりの量の生糸や絹織物を交易所に揃えて売り買いするにはやや日数が足りない。沈一観が交易所の倉庫に預けている品物はあるが、それだけでは十分ではない。葉子春が動いた。沈一観に生糸と絹織物を揃えさせるため蘇州に急ぎ行く、と申し出た。

話を受けた沈一観は、蘇州の知り合いの同業者にも声をかけた。双嶼での商いにやや距離を置いていた同業者も、沈一観が言うのなら、ということで一緒に加わった。かくして二週間目の後半には大量の生糸と絹織物が双嶼に届き、遣明船の商人は争って買い、蘇州の同業者も日本の銀をたっぷり受け取ることができた。日本の商人は、これで日本に持って帰れば最低三倍から五倍には売れると胸に皮算用をはじいた。蘇州の同業者は、国内で売れる値の二割増しで商売ができたことに満足した。遣明船は取引を終えると、帆を上げ、洋々と北に向かった。

釈寿光の遣明船の寄港は、双嶼で商いを行う者に大きな刺激を与えた。まず、日本の商人が持っていた潤沢な銀に目が向いた。あれだけの銀を手にできれば、交易をどんどん伸ばすことができる。さらに生糸と絹織物がかなりの値で売れる。日本との交易をしない手はない。今まで南の国との交易を主に行ってきた船が、競って日本に向かう準備を始めた。

蘇州で絹を扱う商人の間にも、双嶼で取引に成功した同業者の噂が広がった。それだけ良い取引ができるならば、多少の危険を冒してでもやる価値はある。ただ、取引には一定の筋を通さねばならない。それは沈一観が握っている。沈一観は次第に蘇州の同業者の取りまとめ役になった。

遣明船との取引の期間中マラッカから双嶼に向かう船にいたゴンサロとアンドレは、双嶼に着いた後、イレーヌから話を聞いて悔しがった。その時加わっていれば、多分鉄砲が売れただろう。日本の冬は寒いというから毛織物も良い値で取引できたかもしれない。そして生糸と絹織物が売れたという話を聞いて、ゴンサロはアンドレに言った。
「どうやら交易のやり方を変える必要がありそうだな。ゴアでもマラッカでも、取引は現地で取れるものをポルトガル本国に運んで利を得ることが目的だった。しかし、双嶼での交易を見ると、我々の船が本国と明国の品物を日本に運び、日本の品物を本国だけではなく、明国に運んで売るという交易の仕方があってもいい。結果として、本国には銀と金さえ潤沢に運べばそれで良い。そのための作戦が必要だ」

許棟と王直の関係も微妙に変化した。双嶼はもともと南国の品物と明国の品物の交易所の性格が強い。朝鮮や琉球との交易を行う商人も加わっているが取引額は大きくはない。しかし、今回の遣明船との交易で、日本との交易に大きな可能性があることが分かった。その経験は許棟には不足しているが、王直は持っている。

もともと明確な指揮命令体制はない双嶼の世界ではあるが、交易所を仕切っている許棟が一応頭として認知されている。王直はその金庫番として、許棟に次ぐ役割と認められているが、二人の上下関係は徐々に逆転しかねないほどになっている。許棟は、遣明船が来る以前から王直が自分を脅かす存在になりつつあるのを気にしていた。それには理由がある。許棟も以前この島を仕切っていた李光頭《りこうとう》という男から実権を奪い取った経緯があるからだ。

李光頭は双嶼での取引の規模がまだ大きくない時代に双嶼に集まる船の取引を仲立ちしていた。許棟はその配下に入り、次第に力をつけ、取引のための交易所を作り、表面上は禅譲のかたちで頭の座を奪った。同じことを王直は自分に対して仕掛けてくるかもしれない。市舶司の魏震から遣明船が来るかもしれないとの話を聞いた時、自分が問題なく仕切れると思っていた。しかし、相手はジャワやマラッカの商人たちとは全く違う人種であった。多少手間取り王直を交渉の場に呼んだのだが、それが結果として王直の地位を高めることになったかもしれない。双嶼の重要性が特に蘇州の商人に認知されたことは良かったが、許棟の腹の中はややすっきりせず、気持ちは晴れない。

一月後、ゴンサロが許棟を訪ねた。自国のポルトガルの船で今度日本に向かうが、葉子春と趙昂を連れていきたいと許棟に頼みに来たのだ。

第十二話　蘇州の緞子

葉子春は、許棟からポルトガル船に乗って趙昂と一緒に日本に行けと言われ驚いた。なぜ自分と趙昂が行くことになるのか。

ゴンサロは釈寿光の遣明船の話を聞いて、本国から持ってきた鉄砲と、明で仕入れた生糸と絹織物を主な取引の品物として日本との交易を行いたいと考えた。鉄砲については自分たちが説明できる。しかし絹の知識がない。誰か絹に詳しい者が必要だ。遣明船との取引では、葉子春が蘇州の絹を扱う商人との間を仲介しており、彼自身絹の知識を随分身につけているらしい。まず、彼だ。そして日本語が分かる通事が要る。趙昂に白羽の矢が立った。

ゴンサロから相談を受けた許棟は考えた。葉子春と趙昂をある期間貸してほしいという。話を受けようか、断ろうか。王直とも相談した。王直は考えた。明の絹と日本の銀との取引が双嶼の交易所で十分できなければ、誰かがどこかで別の交易所を作るかもしれない。

なんとしても日本との取引を広げて、双嶼の仕事を増やした方が良いだろう。ポルトガルがその商いに加わるならそれも良い。ただ、日本での取引の相手が問題だ。王直は許棟に、ポルトガル船は豊後の大友氏の許へ行くのが良いと伝えた。

実は王直は先回の訪問で、日本の現状を大まかに摑《つか》んでいた。銀を手に入れる一番良い場所は博多で、そこは周防の大名大内氏と、博多商人の神屋一族が押さえている。博多での取引は自分が行いたい。さらに明との交易への熱心さでは肥前の松浦氏が一番強く、平戸の港は十分使える。ここも自分の影響下に置きたい。大友氏が治める豊後の国は瀬戸内海に面し、彼らは海運には長けているが、どうやら関心は瀬戸内海を経由した京や大坂《おおざか》との取引に傾斜しているようだ。銀もかなり持っているが、博多を握っている大内氏にはかなわないのではないか。ポルトガルが日本と交易したいというなら、大友氏とやってほしい。博多と平戸には手をつけてほしくない。これが王直の本音である。

ポルトガルの船にはイレーヌすなわち圓圓も加わることとなった。双嶼には十数人のポルトガル女性がいる。そのほとんどは本国から呼び寄せた妻で、交易の船には通常女は乗せない。ただ、今度の航海はポルトガルが日本と直接行う交易で、ポルトガル語と日本語ができる通事はいない。まずポルトガル語を圓圓が中国語に訳し、中国語を趙昂が日本語に訳す。そのためにはどうしても圓圓の力が必要だ。圓圓は葉子春に言った。

「ゴンサロから日本に行けと言われたけれど、あなたも一緒なのね。事前に趙昂から日本の話を聞きましょう。マラッカで男たちが話すのを聞いたことがあるけど、昔ベネチアのマルコという男が元の皇帝に会いに来たそうよ。そこでいろいろ話を仕入れたら、なんでも海を渡った東にジパングという黄金に溢れた国があるとか。本当かどうか分からないけど面白そうじゃない」


日本に行って本格的に交易を行うについては、葉子春にも一抹の不安があった。自分が受け持つ生糸や絹織物に対する知識である。ある程度は身につけたつもりであるが、所詮俄《にわ》か仕込みだ。

釈寿光の遣明船に乗っていた連中は焦って生糸と絹織物に群がり、用意した品々はそれほど難しい交渉をせずとも高値で売れた。それは取引をする時間がごく限られており、明の本土ではもう交易ができず、ここでしか買えないという気持ちの高ぶりから生まれた商いであり、本当の取引とは言えない。日本で年季の入った商人たちと駆け引きを行うためには、もっと専門的な知識が要る。

葉子春は許棟に断り、数日の仕事を空けてもらい、蘇州に行って沈一観から絹織物を実際に作っている機織《はたお》りの工房を紹介してもらった。工房は蘇州府から南に約九十里離れた盛澤鎮《せいたくちん》にあり、紹介状の宛先は周芳という男の名だった。

「周さんのところに行く前に、近くにある蚕の神様嫘祖を拝んでいってください。きっと日本での商売がうまくいきますよ」

沈一観に言われるまま、嫘祖に手を合わせて香火銭を置いてきた葉子春は、周芳と会った。

「この間の遣明船での取引では、沈一観から言われてかなりの量の絹織物を出したが、全部売れた。驚いたな。今度は日本で売るので、あなたと十分打ち合わせをしてほしいと、沈一観の紹介状には書いてある」

色白の綺麗な指で沈一観からの書状を納めながら、周芳は葉子春に聞いた。

「それで、いつ行くのかい」

「ふた月後と聞いています。日本の豊後の国に行くそうです」

「そうか。葉さんは日本で何が売れると思うかい」

「先回の取引では買い手が焦っていましたから何でも売れましたが、今度はそういうわけにはいかないと思います。日本でなかなか手に入らないものでなくては高くは売れないでしょう」

「そうか。それで日本でなかなか手に入らない織物は何かね」

「彼らは緞子《どんす》はないかと何度も聞いてきました。我々の苧絲《ちょし》を彼らは緞子と呼んでいます。これが日本ではなかなか手に入らない織物のようです」

「そうだ、そのとおりだ。緞子は皇帝が朝貢に来た外国の使節に頒賜《はんし》する品の筆頭に記されるいわば目玉の品だ。理屈を言えば、生糸さえあれば誰でも織れるが、その織り方が難しい。日本でもそう簡単には織れないのだろう」

「私も沈一観さんのところで緞子を見て鮮やかな文様に驚きました」

「そうだろう。多分沈一観さんからは、日本向けの織物の注文が来るだろうから、葉さんも緞子を織っているところを見ていくかい」

「お願いします」


二人は工房に入り、若い女工が織っている機織り機の動きを見ながら話し始めた。

「葉さんは、織りの基本は平織《ひらおり》、綾織《あやおり》、繻子織《しゅすおり》の三つであることはご存知でしょう。平織は経糸《たていと》と緯糸《よこいと》を一本一本交互に交差させて織る。一番単純で丈夫な生地ができる。綾織は経糸と緯糸を二本ずつ抜かすなどして織る。斜めの文様ができて、繊維の現れる部分が増えるので光沢が増す。繻子織は経糸か緯糸の抜かしを四本とか八本とかに増やし、片方の糸で文様を作る。経糸で文様を作る場合もあるが、多くは緯糸で文様を浮き出させる。あらかじめ色が違う経糸と緯糸を準備し、緯糸で文様が浮き出るように織った布、それが普通に言う緞子です。滑りがよく、光沢もあるが、糸が浮いている分摩擦には弱い。ただ、着物や帯に色とりどりの文様が映える」

「どんな文様を浮き出させるのですか」

「宮廷が好きなのは龍や鳳凰、それに月や日だな。ただ、そんなものは市井の人間は使えない。ほら、この緞子をごらんなさい。水の中で魚が水草と遊んでる文様ですよ。ここまで織るには時間がかかる」

「素晴らしい文様ですね。ところでその先に置いてある生地は紺の一色のようですが、経糸と緯糸を同じ色で織っているのですか」

「そうそう、これがうちの自慢の織りでね。暗花《アンファ》という。近づいて見てごらんなさい」

促されるまま生地の傍まで来た葉子春は思わず声を上げた。突然、今見た色鮮やかな水中の魚と水草と同じ文様が、紺一色の生地から同じ紺色で浮かび上がったのだ。

「これはすごい。同じ色で文様が浮き出るのですか」

「これはね、ほかの繊維ではできない。絹が光沢を持って光を反射するからできる。紺の経糸に紺の緯糸で文様を織る。ある角度から見ればただの紺色の絹だが、少し目の位置を変えるだけで、突然文様が浮き出す。いいでしょう。経糸で文様を浮き出す織り方を亮花《リャンファ》といって、それを得意にする工房もあるが、うちで織っているのは暗花だ」

「これはきっと売れます。商家の旦那方にもいいでしょうが、私は寺の僧侶が気に入るのではないかと思います。是非日本に持っていきたい織物ですね」

「ところで葉さんがこれから行く日本には、節句というものがあるのかね」

周芳が聞いてきた。

「さあ、定かには分かりませんが、日本の国の仕組みや習慣は、この国を真似てできていると聞いています。多分節句もあるのでしょう」

「正月が明ければ間もなく元宵節《げんしょうせつ》、春には清明節《せいめいせつ》に端午節《たんごせつ》、夏から秋は七夕節《しちせきせつ》、中秋節《ちゅうしゅうせつ》、重陽節《ちょうようせつ》と続く。節句は田畑の作業の目安だが、同時に季節の変わり目だから身にまとう衣も変わる」

「そうですね」

「清明節の一月前には、宮廷の皇后妃たちは緞子から羅衣《らい》に衣替えをし、清明節の一月後には紗衣《しゃい》に着替える。急に暑くなるからな。秋になって重陽節の少し前に再び羅衣に着替え、重陽節のひと月後を目処《めど》に緞子に衣替えをする」

「日本の夏も暑いと聞いていますので、緞子だけではなく、羅や紗も要りますね」

「そうだな。羅や紗は売れるだろう。それからな、衣装だけではなく、ほかに売れそうなものがある。見たいかい」

「そんなにもったいぶらずに見せてください」

周芳は奥の小部屋に案内した。やや薄暗い中で、中年の男が机に座り、じっと作業している。机の左端には金箔が置かれ、右端にはごわごわした紙が置いてある。

「平箔《ひらはく》だよ。紙に漆を使って金箔を貼り付け、それを糸状にする。緞子や羅の衣装を織る時、ある部分にだけこの糸を織り込む」

「これは難しそうですね。うまく織り込まねばならないし、金箔が剝がれないように作らねばならない」

「そこが腕だ。女の衣装にもちろん使うが、この平箔の織物を欲しがっているのが、意外なことに仏門の僧だ」

「どうしてでしょう」

「俺にも分からんが、多分身にまとう姿が厳かに見えるのだろう。さっき話した暗花は、絹だから陽の光にうまく映えるが、この金糸は多分暗いお堂の蝋燭の光に映えるのではないかな。僧が一番前で如来や菩薩に向かって読経をしている時、信徒は後ろで手を合わせて如来や菩薩の像と僧の後ろ姿を見ている。黒か紺の僧衣に編み込んだ金糸が蝋燭の光できらりと目に入る。ああ、ありがたや、となるんじゃないか」

「そうかもしれませんね」

「それから、仏門の僧が言うには、この金糸を使って、掛け軸を作りたいというのだ。表装をする時の生地にこれを編み込めば、掛け軸はぐんと厳かで貴重なものに見える」

「なるほど、その掛け軸に使う平箔の生地は間違いなく売れると思います」

　最初はやや控えめに振る舞っていた周芳であったが、話し方にどんどん熱を帯びてきた。

葉子春が礼を言って工房を辞したのはすっかり暗くなってからであった。

第十三話　府内での交易

ポルトガル船は、嘉靖二十三（一五四四）年釈寿光が去ってから数か月後、帆を上げて日本に向かった。

ゴンサロはまず種子島に向かうよう指示した。王直からの情報では、種子島は豊後の大友氏との関係が深く、そこに立ち寄って島主の種子島氏から大友氏あてにポルトガル船の訪問を事前に知らせた方が良いという。確かに前触れなしで直接行くよりは、その方が円滑に進むだろう。

種子島に着いたゴンサロは、島主の種子島時堯《ときたか》に会い、漂着した三名のポルトガル人を助けてもらった礼を述べた。種子島時堯はゴンサロの一行を歓待し、その席で予期せぬ話題を持ちかけた。

「実は買い求めた鉄砲を、刀鍛冶に命じて造らせているのです。ほぼできているのですが少し分からないところがある。教えていただければありがたい」

ゴンサロは驚いた。日本人はもうそこまでやっているのか。鋭利な日本刀を手に取ったことがあるゴンサロは、確かに日本人は鉄を扱う技術に長けていると理解していた。金兵衛という刀鍛治が呼ばれてゴンサロに現状を話した。

「銃身の内側を刻む術が分かりませぬ」

詳しく聞くと、問題は銃身の端の固定であった。鉄砲は銃身の内部で爆発を起こし、その力で弾丸を先に押し出す仕組みだが、銃身の反対側の端を固定できなければ衝撃で鉄砲が破裂することもある。ポルトガルが持ってきた鉄砲の端には、ねじが使われており、当時の日本には、ねじそのものがなかった。それでも刀鍛冶の技術で雄《お》ねじを作ることはできた。しかし、銃身の内部に雌《め》ねじを刻む方法が分からない。

問われたゴンサロも分からない。だが同席したアンドレが話した。

「この雄ねじを見る限り、金兵衛さんの腕はなかなかのものとお見受けします。私も詳しくは分かりませんが、馬の蹄鉄《ていてつ》づくりに関わったことがあるので、鉄については少し知っています。熱を加えると少し膨張しますね。銃身を火で熱して膨らんで柔らかくなったところに雄ねじを差し込み、銃身の外から叩いて固めれば固定できるのではないでしょうか」

圓圓から趙昂を通じて翻訳された話を理解するには少し時間がかかったが、金兵衛は納得した。この方式で行う限り雄ねじと雌ねじは固まってしまい、出し入れはできない。しかし、固定はできるかもしれない。金兵衛は早速取り掛かった。

種子島時堯は早船で使いを出し、ポルトガル船来航の予定を豊後を治める大友義鑑に伝えた。豊後に向かう船の中でアンドレはゴンサロに種子島での印象を話した。

「金兵衛の腕に驚きました。鉄砲の引き金にちゃんとばねを使っているのです。鉄は固くなければ鋭く切れず、固くなりすぎれば折れやすい。その微妙な堅さを調節する技が必要です。金兵衛は日本刀を造る中でそれを完全に習得している。ねじだけは初めて見て戸惑っているようだが、きちんと作る技を習得するのにそれほど時間がかからないでしょう」

「そうすると、鉄砲と絹の二本柱で交易をしようとする我々の計画の半分は駄目になるわけか」

「当初は完全な鉄砲はできないでしょうから、ある程度売れるでしょう。ですが、そのうち彼らは国内でどんどん造り出すでしょう。それから、硝石が日本では採れないと王直は言っていました。鉄砲に硝石は必需品です。鉄砲の代わりに硝石で交易ができるかもしれません」

海を見ながら、二人の話は続いた。

ポルトガル船の船尾の部屋では、圓圓と葉子春が絹の話をしていた。

「ポルトガルでは絹のことをセーダというの。とても高価で私は身につけたことがない。マラッカにいた時、父が明国から持ってきたセーダの布を母にあげて、母がとても喜んだことを覚えているわ」

「私も貧しい生まれだから、絹など見たことはなかった。ただ、蘇州の沈一観と知り合って大分絹のことを学んだ」

「繭から出した糸が、どうしてあんなに綺麗な布にまでなるのかしら」

葉子春は、最初の糸が合わされ、撚られ、練りをされて銀白色の生糸になる道筋を圓圓に話した。

「随分手間がかかるわけね。でも日本人も明国の人間と同じような絹の使い方をするのかしら」

葉子春は一瞬圓圓の顔を見た。そう、圓圓のこの問いかけこそが交易の本質だと葉子春は考えている。いくら良い品物を揃えても、買い手が興味を示さねば取引は成立しない。日本人が明国の人間と同じ好みを持っているかどうかは分からない。釈寿光が連れてきた日本の商人がどのような絹に興味を示すか、それが葉子春の知りたかったことであり、また彼らとの取引で習得した知識であった。圓圓も交易に加わる素質を持っている。

「絹は男の衣服にも使われるが、主体は女の着物だ。双嶼の交易所で日本の商人とやり取りしながら気がついたのだが、日本人は案外練りをしていない、いわゆる生絹《きぎぬ》を好むようだ。高貴な女の肌着には生絹か練絹で織られた袷《あわせ》を使うが、生絹の方が肌触りが良いという女が多いそうだ。袷の上には染めの小袖を着て袴を穿く。身を飾る時は小袖の上に綾《あや》錦《にしき》を重ねる。日本では明国からきた綾を唐綾《からあや》というそうだ」

「綺麗に織られた綾錦は素晴らしいわね」

「ただ高価なので、遣明船の商人はそれほど買わないと思っていたが、これが違った。なんと用意した綾錦はほぼ売れた。型紙で文様を透かし彫りして、その型紙を使い金箔を押して文様をつける摺箔《すりはく》が売れたのにはびっくりした。一番値が張るものも売れたんだ。領主の妻のような身分の高い女だけでなく、金持ちの商人の奥方も女同士で競って着飾っているようだ」

「そう、それというのも銀が沢山手に入るからでしょうね」

「そうだ。それでも私の知識は、絹織物に取り組んだ人たちが今まで積み上げた知識のほんの一部だ。知れば知るほど深みがあって恐ろしい。日本で良い取引をしたいという気持ちと、こんな知識で本当に商いができるかという怖い気持ちが半々ある」

ポルトガル船は琉球を西に見ながら北上したが、その先でいくつかの島の頂上から噴煙が上がっているのが見えた。さらに九州に近づくと、より大きい噴煙を上げる山が視界に入った。ジャワに行ったことのあるゴンサロとアンドレはさほど驚かなかったが、葉子春と圓圓は初めて見る噴煙にびっくりした。博多で育ち、九州をある程度知っている趙昂は、葉子春に言った。

「そんなに恐ろしいものではありません。噴煙を上げている火山の近くには温泉もあり、病を治療するため博多の人もよく出かけていました」

船は九州の東岸沿いに北上し、佐賀関《さがのせき》を越して府内《ふない》の沖の浜に着いた。府内（現在の大分市）は大分川に沿って町が開かれ、古くは国府が置かれた地である。この港から船を出せば、すぐ東には四国、北へ向かえば赤間関《あかまがせき》（現在の下関）、瀬戸内をずっと進めば大坂に至る。海運の要衝であり、特に京都との結びつきが強い。

沖に船を停め、アンドレがイレーヌと趙昂を連れ、小舟で港に着き、応対に当たった港の男と打ち合わせを行った。アンドレが意外に思ったのは、この港の交易の仕組みである。港と交易を行う場は、なんと寺社が仕切っていた。もう一つ想定外だったのは関銭《せきせん》（関税）が高いことで、取引額の一割五分だ。双嶼に比べ随分高いと思ったが、これが当地のしきたりだという、交易所の建物はなく、神社の境内を使うらしい。アンドレはその旨ゴンサロに報告した。ゴンサロは髭を撫でながら少し考えたが、

「分かった、言われるとおりにやろう」

と答えた。数時間後、持ってきた品物の陸揚げが始まった。

　ゴンサロは城に使いを出し、領主に挨拶をしたい旨告げた。領主の大友義鑑もポルトガル船の来訪に大きな興味を持っていたようで、目通りの要望はすぐ叶った。ゴンサロは、持参したビロードのガウンを身につけ、アンドレとイレーヌ、趙昂を連れて府内の城に向かった。ゴンサロは、今後の関係をうまく築きたいと、とっておきの土産も準備した。置き時計である。大友義鑑はこの時計がすっかり気に入った。

「お国の力は素晴らしい。鉄砲も驚いたが、この時計も見事じゃ。歯車がいくつもかみ合って最後に針で時を知らせる仕組みはそう簡単にできるものではないだろう」

「お褒めいただきありがとうございます。先回種子島時尭様にお求めいただきました鉄砲も、お取引のために準備いたしました。鉄砲に使う硝石もお持ちしております」

「そうか、それでは後程、勘定《かんじょう》奉行《ぶぎょう》と話し合ってほしい」

「かしこまりました」

　上機嫌の大友義鑑との会見の後の勘定奉行との交渉は厳しいものだった。種子島時尭が

早船でポルトガル船の来航を告げた時、どうやら種子島での鉄砲自作の目処がついた旨、伝えているようだ。結局、鉄砲はフランシスコが取引した半分以下の値でしか売れなかった。それでも準備した十五丁はすべて売れ、硝石も良い値で売れた。あとは神社での市で絹や陶磁器がうまく売れれば良い。

市では多くの商人が集まった。明の船が寄港して市が立つことは今まで何回もあったが、見たこともないポルトガルの船が来たことは、府内で瞬く間に知れわたったのだろう。聞くと、この地に商いに来ていた堺の商人も加わっているという。ポルトガル船が持ち込んだオリーブ油、絹、陶磁器、薬、丁子などの品々を、買いに来た商人たちは目を皿のようにして見つめ、どんどん取引は進んだ。

それらの品物の中でも商人たちの興味を引いたのは、やはり絹であった。

「以前も明の船から絹は買ったが、このたびの絹は上質ですな。よほど仕入れるところがしっかりしているとみえる」

滑り出しは上々であった。博多の商人も、堺からはるばる来た商人も、緞子の暗花の素晴らしさには腹の底からウーンと唸った。堺の小太りの商人は、葉子春に怖くて値を聞けないような顔をしている。思い切って考えていた値の倍の数値を葉子春が伝えると、むしろ安堵した表情に変わり、緞子の最初の取引は即成立した。堰を切ったように博多の商人も緞子を手に取り、短い時間でどんどん交渉は成立した。もっと厳しい交渉を覚悟していた葉子春にとってはやや拍子抜けの感があった。平箔の生地も掛け軸用にすぐ売れ、金糸を織り込んだ僧の法衣も高値で売れた。

意外に難航したのが羅と紗の取引である。日本の商人たちは口を揃えて織りは素晴らしいという。ただ、色合いがどうも彼らの好みと少し違うようだ。弥吉こと趙昂を入れて、彼らの言い分を聞くと、紅であれ、青であれ、原色を淡くするその濃淡にどうも感覚の違いがあり、持ち込んだ織物の色合いはやや原色に近く、きついと言う。

「紅はあくまで真っ赤な色でいいんです。ただそれを少し淡くした色がみな橙色に近い。もう少し薄い赤でいいんですがね」

しかし、織りは間違いなく一級品だということで、緞子のような高値ではないが、満足する値で売ることができた。

初日の交易を終え、残った品物を神社の境内から奥の館に保管し終えた葉子春たちは小舟で船に戻った。

商人たちとの会話で、葉子春は豊後のいくつかの情勢を把握した。まず、銀についてである。府内に流通している銀は、やはり博多の商人からのもので、もとを辿れば石見で採れた銀である。それをよしとしない大友家は自国で銀が採れないかと探している。なんでも、豊後の南部の山中には尾平《おびら》と呼ばれる地があり、そこで銀が採れたという噂がある。その領地は一万田《いちまんだ》家が治める地であり、大友家が勝手には掘れない。今後この銀をめぐって争いが起きるかもしれないと人は言っている。どうなるか分からないが、豊後の地で銀が掘り出される可能性は大いにある、葉子春はそう理解した。

もう一つの消息は硫黄である。火薬の原料には硫黄は必須だが、アンドレは、今まで南の国で手に入れてきた硫黄の質はあまり良くないと言っている。それに比べ、大友家の領内の星生山《ほっしょうざん》東面の尾根筋にある硫黄山は、無尽に良質の硫黄を産するらしい。圓圓と葉子春が海から見て驚いた九州の山々の噴火口のうちのいくつかに硫黄が出てくるという。日本であまり使われていなければ、安く手に入るかもしれない。

ポルトガル船の府内への寄港は成功裏に終わった。

第十四話　ポルトガルの館での宴

「まずはポルトガル王国と、ジョアン国王に乾杯しようではないか」

ドミンゴ・ダ・シルバが盃を高く掲げると、それに呼応して、

「Saude!《サウードゥ》」

という声がポルトガルの館に響き渡った。ゴンサロの一行が府内から双嶼に戻って一週間後、本国のポルトガル船エスペランサ号が、ゴア、マラッカを経由して双嶼の港に着いた。エスペランサ号の無事の寄港と、ゴンサロの日本での交易の成功を祝おうと双嶼のポルトガル人が宴を開いた。さほど広くないホールは、八十人を超す人で立錐の余地なく埋まった。最初の挨拶に上がったエスペランサ号の船長ドミンゴ・ダ・シルバが、まず乾杯の音頭を取った。

「途中何度も嵐に遭いました。大事な文書を守れたかですって、いやそれよりも今日お持ちしたワインが入っている樽を壊さないよう細心の注意を払いましたよ。なにしろ、双嶼に着いてもワインが樽から漏れていたら、多分私は皆さんに絞首刑にされる」

「ワハハ、ワハハ」

という笑い声が会場を包んだ。

「冗談はこれくらいにして、本国のご報告をしたい。新大陸においては我が国が、聖十字架の国（Terra de Santa Cruz、現在のブラジル）を押さえていることは皆さんもご承知のとおりです。国王は本格的に開発を進めています。現在は入植者に分割した権利を与えていますが、そのうち総督を置いて国王が直接支配されることでしょう。イエズス会も彼の地のインディオに対して布教を開始する予定です。このような時期に、我がポルトガルがスペインに先立ち、日本に進出の基盤を築きつつあることは、なによりもめでたい。今回日本との交易に成功を収めて戻られた同志のゴンサロに、再度の乾杯をしようではありませんか」

「Saude!」

次に挨拶に立ったゴンサロは、かなり日焼けした頬をさらにワインで赤くして上機嫌であった。

「我々はゴアに住み、印度の国と印度人を見てきました。マラッカに住み、マレー人も見てきました。日本人はそのいずれとも違う。乱暴に刀を振り回すかと思うと、静かな茶室で瞑想に耽る。体格も概ね貧弱で、一人ではたいしたことがないとの印象を与えるが、いざ集団となると一糸乱れぬ力を発揮する。それから驚いたのは、初めて我々の鉄砲を見たというのに、ほんの短い間でほぼ同じものを造れる能力を持っている。これは侮れません」

日本の紹介と印象を話した後、最後に葉子春と趙昂を紹介した。

「実は今回の日本での交易が成功した大きな理由は、ここにいる葉子春さんと趙昂さんを連れていったからです。葉子春さんは、日本人が一番買いたい生糸と絹織物について大変詳しい知識をお持ちだ。そして、蘇州の仕入れの交渉と日本での交易の場における適切な説明を行っていただいた。趙昂さんにはイレーヌと組んで、ポルトガル語と日本語の仲立ちをしていただいた。また、日本の事情についても大変役立つ情報を与えていただいた。この二人に対し、皆さんと一緒に感謝の拍手を送りたい」

集まったポルトガル人は、ゴンサロの横に控えていた葉子春と趙昂に向かい一斉に大きな拍手を送った。挨拶が終わるとあちこちで乾杯と談笑が始まった。数年ぶりの出会いを心から喜んでいるようだ。ただ、すべてポルトガル語で行われている。葉子春と趙昂は会場の様子を見ながら、ゴンサロにそろそろ失礼する旨伝えてポルトガルの館を出た。庭を通り門から出ようとした時、館の扉を開けて圓圓が追いかけてきた。

「お二人にお礼を言っておきながら、ほっておくなんてゴンサロも失礼ね。もう少し付き合ってよ。私と一緒にワインを飲みましょうよ」

趙昂は残念ながら用事があると去ったので、葉子春と圓圓が残り、薔薇を植えてある庭の隅の椅子に向かった。館に一度戻った圓圓は二つのグラスに注いだ赤いワインを持ってきた。

「改めて乾杯しましょう」

圓圓が葉子春の目を見てほほ笑んだ。

「初めて日本に行ってどうだったかい」

葉子春が尋ねた。

「あなたも驚いていたけれど、山の頂上から噴煙が出ているのを見た時はびっくりした。でも、人々はとっても礼儀正しくていい国ね。ああ、それからね、面白いことがあった」

「なんだい、それは」

「神社で交易をしていて商人が沢山集まったでしょう。扱った品物はほとんどが明のもので、趙昂が説明していたから私はそばで見ていたの。そうしたら、薬の材料となる甘草の取引が終わった後、日本の商人が三人集まって何かの話を始めて、そこに趙昂が加わってにやにやしながら相槌を打っているの。後で趙昂に聞いたの。男同士集まってにやにやして何を話していたの、とね」

「そうしたら」

「そうしたら、一人の男の近所の家の奥さんが、頼りのない旦那を離縁したんだそうよ。男が女を離縁するのではなく逆よ。そうしたら、ほかの男も自分の近所で、女が博打ばかりしている男を離縁した、とその話に加わった。私がいたマラッカや、父から聞いたポルトガルでも、まれにはそういうことはあるけれど、日本ではあちこちであるらしい。日本の女は強いと思ったわ」

「そうか、それは知らなかった」

　葉子春は、一瞬間を置き、

「ところで」

と、改まった口調で圓圓に聞いた。

「私はポルトガル語が全く分からない。しかし、先ほどの宴席で五人の男が輪になって話し込んでいる横にいたんだが、彼らはエスクラボとアフリカという言葉を大声で話しながら興奮していた。エスクラボって何のこと」

　葉子春の質問に圓圓は一瞬顔を強ばらせた。言葉がうまく出てこない。

「あなたは絹の知識に長けていると思ったら、素晴らしい耳を持っているのね。あの男どもの会話の中から一番肝心な言葉をちゃんと聞き分けるなんて」

「どういう意味だい」

「それはEsclavo《エスクラボ》と言って、奴隷という意味。アフリカという大地に住んでいる黒い肌の男たちを、聖十字架の国で働かせるために運んでいくの」

「運んでいくということは、さらっていくんだ」

「最初は話し合いをして働く約束をしていたようだけど、だんだんそうなったらしい」

「日本に行く船の中でポルトガル人の朝晩の生活を見たけど、イエスの教えに忠実に暮らしたいという人が多かったように思う。なんで同じ国民が片方で人さらいのような悪いことを平気でできて、もう片方で神に平和な世を祈ることができるんだい」

「うーん、うまく言えないけど、それは同じ一人の人間が持つ表と裏の部分かもしれない。私も普段は人に優しくできるけど、どうしても人を許せないとか、憎いとか思うことはある」

「それは私も同じだ。でも、ポルトガルという国がよく分からない」

　今度は圓圓が葉子春に改まった口調で訪ねた。

「ねえ、あなたは私たちと一緒に仕事をしましょうよ。許棟のところでちゃんと仕事していることは十分知っているけど、ゴンサロはあなたの腕を非常に評価している。許棟のところで働くよりはきっと良い条件で迎えてくれると思う。私がゴンサロに話すからどう」

葉子春は驚いた。そんなことは考えたこともない。

「私は茂七を頼ってここに来た。一番恩を感じるのは茂七だ。そんな茂七に自分勝手なことを言うつもりはない」

「そう、分かった。でも私の言葉を覚えていてね」

圓圓は立ち上がると葉子春の座っている椅子近くに来て身をかがめた。一瞬のことであった。圓圓は葉子春の頰に唇を当て、にっこり笑って館に向かった。


イレーヌはポルトガルの館に戻りながら、葉子春が宴のもう一つの話題に気がつかなかったことにほっとした。それは、数十年前に難破したポルトガル船 Flor de la Mar《フロール・デ・ラ・マール》のことであり、難破から生還した老人が、館の宴で自らの体験を数人のポルトガル人に語っていたのだ。その船は、ゴアに本拠を置いたポルトガルが一五一一年、マラッカを占拠するために派遣した十六隻のうちの一隻で、軍の司令官はアルフォンソ・アルブケルクであった。激しい戦いの後、マラッカを支配するモスレムを追い出し、ポルトガルはこの地をさらなる東方進出の基地とした。そして、アルブケルクはマラッカを攻略した際に手に入れた宝物を同船に積んで、ゴアに向かった。宝物の中には、歴代のスルタンが蓄積した黄金や、明朝から下賜され、輝くばかりの宝石を埋め込んだ虎の像があった。さらにシャムの国王から贈られたカバルという山岳動物の骨で作った腕輪は、身につけていれば、敵の刀で傷ついても血が流れないと信じられており、マラッカで売られていた若い女や男とともに船倉に積み込まれた。

マラッカを出て数日後、スマトラの沖を航行していたFlor de la Marは、激しい嵐に襲われた。いったん錨を下ろすことができたものの、強風に船を錨ごと押し流され、岩にたたきつけられ、前部は引きちぎられて海に浮かび、後部は岩に乗り上げた。前部にあった救命ボートは破損を免れ、海に投げ出された乗員は次々救命ボートに群がった。船倉に閉じ込められていたマラッカの男も女もボートにしがみついた。しかし、ボートには船倉に乗せた男女を収容できるほどの余裕はない。アルブケルクは白人のみ乗せろと命じ、そうでない者はランサ（槍）で無残にもボートから引き離された。

宴の席で、老人はその時の光景を悔やんだ表情も見せず、淡々と話していたのだ。聞いていた男たちも、老人の無事の生還を改めて神に感謝するとともに、積んでいた荷を惜しむ話ばかりで、ランサで荒れ狂う海に見捨てられた白人以外の人間に同情する者はいなかった。

アルブケルク、ランサ、マラッカ、そんな言葉が葉子春の耳に結びついて聞こえていたら、もっと説明を求められたかもしれない。

イレーヌは首を少しすくめて、再び館の宴に戻った。


ポルトガルの館での宴の一週間前、李剛の船が双嶼の港を出て、長江が海に注ぐ寸前の北岸にある通州《つうしゅう》に向かっていた。李剛の顔は相変わらず黒光りしているが、商いがうまくいかないせいか頬はやや落ちこみ、目だけがぎらついている。通州から長江の対岸は見えず、通州は川の港か海の港か区別がつかない。先回の黄岩の出来事で台州付近の港には寄れない。多分いろいろな噂が飛び交っているだろう。

今回向かう通州は、李剛が初めて向かう港だが、双嶼のほかの船の情報では南の品々を買ってくれるところだという。黄岩では李剛を騙した旦那の蔵を開けさせ、渡した丁子を回収した。双嶼に戻って混ぜたザーガも取り除いた。これで丁子は立派な交易品に仕上がった。黄岩で取引が成功しなかった沈香もまだ手元にある。早くこれらをさばいて、明の陶磁器や生糸をマラッカに持っていって売り、さらに南の品々を新たに仕入れたい。

翌朝船は通州の沖合に着いた。小舟を出し、李剛の部下に交渉に向かわせた。ほどなく戻った部下は李剛に報告した。

「知らぬ船とは取引しないと言うんですよ。丁子を少し持っていって見せたら、確かに欲しそうな顔をするんですがねえ。大分粘っても駄目というんで、仕方ない。戻ってきました」

李剛は悪い予感がした。ひょっとして黄岩のことがあちこちに伝わっているんじゃないか。李剛は船を長江の少し上流に進め、南岸の江陽《こうよう》という港の沖に着けた。この場所での取引の経験はない。しかし、双嶼の仲間からは、この港での取引を聞いたことがある。一つ気をつけることは、常州府《じょうしゅうふ》が比較的近く、何かあると衛所の兵がすぐ駆けつける可能性があることだという。部下を港に向かわせたが、答えは同じだった。知らない船とは取引しない。どうやらどこへ行っても対応は同じようだ。黄岩で李剛を略奪へとたきつけた男が言った。

「頭、どうすんですかい。双嶼でも売れねえ。あちこち持っていっても相手にされねえ。うちらの食い物や貯えもそう長く保たねえ。ここで腹を括《くく》らねえと、皆くたばっちまいますぜ。頭はあまり乗り気じゃねえようだけど、やっちまいましょう」

「だけどな、ここは常州府が近い、衛所の兵がすぐやって来るかもしれぬ」

「そんなこと言ってりゃ、いつまで経ってもまともなおまんまは食えねえ。暗くなるまで待って、金のありそうな家だけ襲って、朝日が出たらすぐに逃げましょう」

李剛も承諾し、夜陰に紛れて忍び込んだ町で、三軒の家を襲い、金目の物を奪った。略奪の最中に一軒の家の中で蝋燭が倒れ、火が館に回った。異常な事態を常州府の兵が遠くから認めて夜明け前には駆けつけたが、船は暗闇をついて出た後だった。しかし、朝日が昇った海面では、暗いうちに出港した李剛の船が、方向を見失って浅瀬に乗り上げ、動きが取れなくなっていた。海中に飛び込んだ李剛と十五人の男はすべて捕らえられた。

同じ頃、山東半島の突端にある靖海《せいかい》を倭寇が襲っていた。三隻の船が突然港に上陸し、靖海の人家に押し入り、目ぼしいものを略奪した。総勢百五十人を超える大きな集団で、かなりの数の男たちは鎧をまとい、数人は兜まで頭に載せている。兜のない男の多くは頭を奇妙に刈り上げ、やや湾曲した刀を振り回している。

「真倭《しんわ》だ」

山東半島の住民は、ずっと昔から海からの侵略を経験してきた。彼らは、明の世になってから、倭寇と言っても日本人によるものと、明国の人間によるものとがあることを知っている。日本人によるものは、本当の倭寇だということで真倭と名づけていた。今回の襲撃は姿格好からして当初は日本人によるものと思った。ところが襲撃された後、住民同士はこう話した。

「あいつら、格好は真倭だが、中身の多くは南の浙江のものだ。言葉で分かる」

真倭の格好をした倭寇は靖海を暴れまくり、駆けつけた衛所の兵をも蹴散らし、洋々と引き上げた。

北京の宮廷には、各地から続々と倭寇の被害の状況が報告された。その内容は、被害であれば実際の二倍、手柄であれば実際の三倍に誇張されたものばかりであったが。とにかく被害の届けと上奏された対策案の多さに、宮廷も重い腰を上げざるを得なくなった。

第十五話　策彦周良の遣明船

一人の日本の僧が、同行する十人余りの者を連れ、肥前の奈留島《なるしま》にある奈留明神の石段を上っていた。僧の名は策彦周良《さくげんしゅうりょう》といい、臨済宗天竜寺の塔頭《たっちゅう》妙智院《みょうちいん》の住職である。禅の修行で鍛えたせいか、身のこなしに無駄がなく、細面で、濃い眉の下には柔和な瞳が並んでいる。時は天文十六年、明の暦では嘉靖二十六（一五四七）年の四月であり、これから航海の無事を祈るため、奈留明神で般若心経を読誦する。策彦周良は大内義隆が派遣する遣明船の正使の命を受け、総勢六百三十七人を乗せた四隻の船団の責任者である。策彦周良は同行する釣雲《つりぐも》に向かって振り返り、声をかけた。

「この階段を一歩一歩上るたびに、初渡航の時の苦労したことや、愉快であったことが頭をよぎる」

「そうでございますなあ。和尚は初渡航の時も事実上は正使でありましたからな」

策彦周良は天文八年の遣明船にも副使として渡航しており、正使は湖心碩鼎《こしんせきてい》で、策彦周良はその弟子の関係にある。しかし、明側との交渉はほぼ策彦周良が一手に行い、事実上の正使であった。釣雲も一緒に渡航していた。奈留明神の石段を上るたびに、初渡航のいろいろな場面が思い出される。一番の印象は、彼らが抱く日本の使節に対する警戒感だ。それが嘉靖二（一五二三）年に起きた寧波の乱によるものであることは、策彦周良もよく理解している。

それにしても厳重であった。寧波に上陸して北京への出発許可が下りる前に滞在した嘉《か》賓《ひん》堂《どう》では、ほぼ全員に対し一歩も外出が許されなかった。船に積んだ刀剣はすべて帰国まで預かるとされ、明の国土では全員がいわば丸腰であった。おまけに滞在した嘉賓堂の〝嘉賓〟とは名ばかりで、待遇は決して良くなく、支給された米は古く、酢や醤油には水が混ぜてあり、湿気もひどく病にかかるものが後を絶たず、その中で重く患った狐《こ》竹《ちく》と東《とう》禅《ぜん》が亡くなった。さらに五月に寧波に上陸したというのに、北京に向け出発できたのは十月の後半で、この間半年近くの時が経った。厳格に対応した結果なのか、それとも単に手続きを行う者の怠慢によるものなのか、とにかく時間がかかりすぎる。

一方、北京への旅の往復で見た彼の地の光景は、策彦周良の心をしばしば慰めた。臨済宗の僧侶として若い頃から漢籍に親しみ、特に漢詩に詠われる地には憧憬の念を抱いていた。往路の杭州では警戒した明の随行が杭州の城内へ入ることを許可しなかったが、これはいくらなんでも天子に拝謁する使節への非礼ではないかと抗議し、それが認められたため、城内の市街地を歩き、御史台の役所を眺め、暮れる西湖を散策した。また蘇州では寒山寺を訪れ、張継《ちょうけい》の〝月落ち烏啼いて霜天に満つ〟の詩を口ずさみ、虎丘《こきゅう》の散策を楽しんだ。蘇東坡《そとうば》の終焉の地である毘陵《びりょう》（江蘇省常州市）も訪ねることができた。

滞在中は理不尽な対応に困惑することが多かったが、歳月を経ると、苦しいことよりも楽しいことの方が脳裏に鮮明に刻まれている。これからの航海と明の国では、今度は何が待っているのか。期待と不安を交錯させながら、策彦周良は石段を上った。

ちょうどその頃、北京の宮廷の奥深い場で、嘉靖帝を前に文武百官の主だった者が並び、北虜南倭にどう対応すべきか、皇帝へ具申を行っていた。ひと際声の大きい武官の陸雲龍が述べる。

「我が明国の現下の最大の脅威は、北の平原を押さえているモンゴルの俺答汗《アルタンハン》で、しばしば長城を破り、侵入を試みております。彼らの狙いは、我々に軍事上の脅威を与えて、互市を開かせ、彼らにとって必要な米や茶、さらに木綿や絹を入手することにあります。しかしながら、互市によって我が国にもたらされるものは馬と毛皮くらいのものであり、馬はともかくとして、必要な品物はほぼありません。俺答汗の要求を認めれば、彼は力のある指導者として認知されることとなり、より多くの部族が彼のもとに結集します。ここはなんとか堪えて、食料が不足する冬場を二、三年過ごさせて、部族内での俺答汗の力を弱めるべきでありましょう」

　嘉靖帝に問われ、文官の周徳が意見を述べた。

「広がった長城を補修し、さらに都の近くにおいては長城を二重に築くため、大量の農民を動員いたしました。急いで間に合わせるために、農繁期にも動員をかけたため、本来税として徴収すべき米や麦が不足しております。また近辺だけでも東西数百里の長城に現在の数の兵を配置し、さらに戦いに備えて増員すれば国庫の負担が増すばかりでございます。ここは、むしろ俺答汗に恩を売り、天子の臣下になるという条件を引き出させて、互市を認めた方が得策と判断いたします」

　北虜にどう対応するかの意見が続いたのち、嘉靖帝は南に跋扈する倭寇への対応策を尋ねた。武官の陳志が答える。

「日本の国内は争いが続き、先が見えません。敗れた武士が狭い国土での居場所がなくなり、海に出て我が国の無頼の者どもと結託し、海岸を襲っております。福建や広東の者の一部は、国是の海禁の定めを破り、ジャワやシャムにまで出かけ交易をしておりますが。彼らも倭寇に加わり、村々を襲っております。ここは海防の軍を増強させ、海禁の政策をより徹底させるため、違反者には厳罰をもって対処すべきでありましょう」

文官の鄭聚が具申した。

「浙江から南へ福建、広東に至る海岸線には、長江から珠江までの間、大河はございません。山は海に迫り、広い平野もありません。もともと米を作る土地ではなく、民は山に入るか海に出るしか糧を得る術がないのです。とはいえ、山で採れるものはわずか。結局海での漁と交易のみが彼らの生活のもとであります。その交易を禁じられたので、民は困惑しており、また隠れて行っても適切な交易の場がないことが原因で争いが起こっているのです。日本の無頼が混じっていることは事実でありますが、それは少数。ほとんどは我が国の民であります。ここは海禁の政策を見直す時期と考えます」

議論は徐々に熱を帯び、皇帝を前にして激しい言葉が飛び交った。

「そもそも海禁の定めは、太祖がお決めになった祖法。いわば我が国を成り立たせておる国是であります。それをないがしろにせよと仰せか」

「確かに太祖の時代には必要な法ではあった。しかし、時代が変わったので修正が必要であると申し上げているのだ」

黙って意見を聴取していた嘉靖帝は、最後に口を開き短く述べた。

「北の情勢は、もう少しこのままで見てみよう。南については、どうやら浙江、福建、広東の海防を担う体制にうまく連携が取れていない不備があるようだ。この点について、再度検討を行い具申せよ」

文武の諸官が首を垂れる中、嘉靖帝は玉座を去った。


順風が連日落ち着いて吹き始めた五月四日、策彦周良が率いる四隻の遣明船は奈留島を出港し、海原を南に進んだ。翌々日には白鷺が飛んできて一時帆の上で羽を休め、波を切る舳先からは飛魚が数尾船内に飛び込んできた。

「これは吉兆であります」

水夫が策彦周良に告げた。

出発前に明国の最初の山を発見した者には、褒美として太刀と金子を授けると伝えていたので、出港して数日過ぎると目の良い水夫は、強い光の中、目を細めて西や南の方角に注意を払う。ところが五月十日の夜、東の強い風に乗って黒雲が急に湧き出し、暴風雨となった。四隻の船は衝突を避けるために一定の距離を置きながら進んできたが、暴風雨が去った翌朝にはちりぢりとなってしまった。このような事態は出航前に十分予測していたことであったので、四隻とも独自に船を進めることとした。策彦周良の乗った一号船は、五月十二日には水夫の源三郎が明国の山を発見したため、一同安堵し帆先を海岸に向けた。

毎日測る水深は、六十尋《ひろ》から八十尋あったものが急速に縮まり、海水も濃い青色から薄茶色に変化してきている。まず一号船が五月十三日に寧波からやや南に位置する台州に着き、続いて四号船、二号船も到着した。三号船が遅いので心配したが、一週間遅れてやっと台州に着いた。聞くと五月十四日に温州沖で海賊船二十八艘に囲まれて戦闘となり、九人の死者と三人の重傷者を出してやっと駆逐することができたという。襲ってきた者は、すべて明国の者だとのこと。とにかくなんとか四隻揃った。策彦周良は、台州から寧波の入り口に当たる定海に向かうことを指示し、六月一日定海沖に投錨した。

寧波の市船司である魏震のもとには、日本の船らしき四隻が定海に入ってきたことが知らされた。

「なに四隻」

魏震は思わず大声を上げた。遣明船は三隻まで、人員は三百人まで、十年に一度と決められているではないか。それがまず四隻とはどういうことだ。恐らく人員も三百人を超えているのであろう。おまけに大前提の十年に一度の間隔が守られていない。前回は嘉靖一八（一五三九）年だから二年早い。これは帰ってもらうしかない。それとも釈寿光の遣明船のように双嶼の港に寄ってもらおうか。

策彦周良は寧波の市舶司の役所で魏震と向かい合った。策彦周良は魏震に言った。

「魏震という名前をお聞きして調べさせたら、魏璜《ぎこう》様のお身内と伺いました。魏璜様には先回の渡航で大変お世話になりました」

魏震は答えた。

「魏璜は私の伯父であります。五年前に亡くなり、市舶司の役目を私が引き継ぎました」

「そうですか。このたびもよろしくお願いいたします」

「私も丁重にお迎えしたいと言いたいところですが、まず四隻の大船団には仰天をいたしました。三隻に限っている定めを十分ご存知の貴方が、なぜこのような挑発的なことをなさるのか」

「ご指摘はごもっともですが、お国の海辺は現在大変危険と伺いました。事実三号船が温州沖で二十八艘の海賊船に囲まれ戦闘となり、九人もの死者を出しました。四隻のうち四号船は、そのような事態に対するために護衛につけた船なのですが、途中で嵐に遭ってちりぢりになってしまったため、本来の役目を果たすことができませんでした。この事情はお分かりいただきたい」

魏震はこの点について明確な非難を差し控えた。

「それに十年に一度の朝貢という約束はお忘れではないでしょう。なぜそれをお守りにならずお越しになったのか伺いたい」

「実は、これには少し申しにくい事情がございます。足利幕府を代表して大内義隆がこの朝貢の準備を行っておりましたが、ある晩、賊が大内の館の蔵に忍び入りました。そして勘合符を盗みとったのです。幸い別な場所にも勘合符はしまっておいたのですが、大内は盗まれた勘合符が不正に使われ、偽の使者が朝貢に及ぶことを心配し、少し早くはあるがこのたびの渡航となった次第です。これもご理解いただきたい」

「勘合符が盗まれたとは、とても北京の宮廷に報告できることではございません。どのような事情があろうとも十年一度のお約束は約束。今回はお諦めいただき、早期に帰国していただきたい」

　このような話し合いが数度続いたが、交渉はいっこうに進展しなかった。洋上で船を浮かべているのも限度があり、魏震はとにかく四隻の船を投錨している定海の地点からやや離れた奥山《おうさん》という島の海岸に着けてほしいと依頼した。同時に双嶼の港で不法に交易を行っている者どもがいて困っていると告げた。七月二日策彦周良は定海沖での逗留から奥山への移動を決めた。

　七月三日、魏震は双嶼の許棟に使いを出し、日本の遣明船四隻が奥山に行ったと告げた。

北京の宮廷では、嘉靖帝の指示のもと南の海防をより確かにするための体制と人選が進められた。六月五日に文官の楊九澤《ようきゅうたく》が皇帝に上疏《じょうそ》し、浙江から福建にまたがる福州、興化、漳州、泉州、建寧の海防を統括する海道提督軍務《かいどうていとくぐんむ》の役職を新設し、同時に寧波を含む浙江全体の行政を担う巡撫《じゅんぶ》の役を兼ねさせたら良いと進言した。嘉靖帝はこれを入れ、七月一日には朱紈《しゅがん》が任命された。

第十六話　朱紈の改革

朱紈は蘇州の生まれである。正徳十六（一五二一）年科挙の試験に合格し進士となった。その後各地の役職を務めるが、赴任地を現在の地名でいうと、江蘇省、河南省、江西省、四川省、雲南省など南部の地域が多い。南の地は豊かではあるが、反面蚊や蠅それに毒虫が跋扈するところであり、朱紈も食による病に何度か倒れ、胃腸が弱い。ふくよかな体つきとは到底言えない。

朱紈が辞令を受けた時、彼は江西の南贛巡撫《なんかんじゅんぶ》という役職にあり、贛州《かんしゅう》府の行政の責任者であった。彼は新しい赴任地である杭州に向かう途中、福建と浙江の海岸線を順次北に向かい、現地における海防の現状を視察した。不備であると思われる点については、着任後改善策を即実施した。

彼はまず〝渡船〟という仕組みに問題があるととらえ、制度を改めた。明朝初期に太祖が定めた政策は、〝下海通蕃《げかいつうばん》〟の禁止、すなわち民は海に出て外国人と交易してはならぬ、というものであった。その後、倭寇が猖獗《しょうけつ》を極めるようになってから、〝片板不許入海〟

という言葉が用いられ、文字通り読めば、あたかも海に板切れ一つ浮かべてはならないというくらい海防に対する厳しい施策がとられた。しかしその中でも、一定の条件下での海の活動は許された。それが渡船という船の用途による取り決めである。

福建や広東の海岸線で山が海に迫っている地区などは、隣の村に行くにも陸路では困難で、船を使わざるを得ない。大きく広がる杭州湾を横切るには、陸路を迂回するより海路でまっすぐ行く方が断然便利である。また沿岸に住む民にとって、すぐ目の前の海で魚を捕ることとくらい認めてもらわなければ生活できない。このような用途の船は渡船と名づけられ、運航を許された。ところが、渡船であるとの名目で運行されている船が、実は遠くに出かけて外国と交易している実態があった。いったん海に出た船全部を監視することなどできない。

朱紈は船の機能そのものに着目し、外海に運行ができないよう新造船の大きさに制限を設けた。重量三百石、長さ四丈、幅一丈二尺、喫水線からの深度六尺を上限とし、新造船はその基準を超えることができない。そして、もしそれ以上の船を現在保有している場合は、半月以内に役所に登録を行わねばならない旨を示達した。船の実際の運航を行う者は沿岸の民であるが、船を所有している者は必ずしも彼らではない。報告されてくる船の所有者の名前を見ると、杭州や蘇州の商人、台州や漳州の地主の名が多く、朱紈はこれらの人間が、法を破り他国と交易している現状の背後にいるのであろうと理解した。

次に手掛けたのが保甲《ほこう》制の徹底である。明の制度では、百十の農家を一つにまとめて台帳に登録し、さらにそれを十に分け、一人の長に十の農家を割り付けて管理する。これによって集団で農作業を行う体制を整えるとともに、農民を相互に監視させ、また連帯責任を負わせる。確かに農家を管理する方法としては効果があった。しかし、農業を基盤としない地域では、必ずしも十分に機能をしていなかった。事実朱紈が視察した福建の一帯では、保甲制は一部の地域でしか守られていない。そこで百十をまとめて一つにするという原則を改め、少ない戸数でもよしとする柔軟な方式で民家を再編成することとし、個人で勝手に抜け出して倭寇に加わるという流れを阻止しようと試みた。

着々と進む朱紈の政策は、徐々に周辺地域に影響と波紋をもたらし始めた。

ポルトガルの館では、ゴンサロがアンドレの報告を聞いていた。アンドレはふた月前双嶼から船を出し、南のマカオに向かった。ゴンサロの指示によって現地の状況を探りに行ったのだ。

ゴンサロは先に開かれたこの館での宴の後、壁に貼られた地図を眺めながら、今後の展開をどうすべきか考えていた。日本への足場はどうやらできそうだ。ゴアに派遣されたイエズス会の宣教師も間もなく日本に向かうという。王直が博多や平戸との接点をポルトガル側に閉ざしているのは、彼がそこで自分の権益を確保したいのであろう。それはまあい い。豊後の大友氏もいるし、堺の商人もポルトガルとの交易を強く望んでいるという。これらの接点をより広げていけば、銀や金は手に入る。併せて明の生糸と絹織物を確実に入手できれば、日本との交易は確固たるものになる。

ただ、日本の問題は国内の争いがいっこうに収まらず、政権の行方が分からないことだ。本格的な交易を拡大するためには国情の安定が必要だが、まだそれが見えない。こればかりは様子を窺うしかないが、こちらの危険を避けて最後の勝者にうまく取り入る策を練らねばならない。

それに比べて明国は少なくとも日本のような内戦は今ない。ただ、露骨なまでの海禁政策で取り付く島もない。明の臣下になれば朝貢を許すだと。そんなことをジョアン国王に伝えたら烈火の如く怒りだすだろう。ただ、武力をもってしては、明国の圧倒的な人の数に対しての恒久的な勝利は難しい。イエズス会が計画している宣教師の派遣により、布教を手掛かりにして活動の拠点を作るか、我々が交易の必要性を理解させて明の頑なな扉を開かせるかしかない。

双嶼での交易が進んでいるのは喜ばしい。しかしあくまでこれは明朝に対する密貿易だ。本質的には不安定極まりない。なんとか正式に認めさせる手段が必要だ。それにはこの双嶼の許棟集団といったん離れる必要がある。許棟たちは確かに交易には長けているが、うまくいかない時には倭寇に変身する。その集団と同一に見られることは、いつかこちらの身にも危険が及ぶ可能性がある。ここは単独でポルトガルとの交易を明朝に認めさせることが必要だ。そのためは一度進出を試みたマカオの様子を再度見てみたい。アンドレは、ゴンサロの指示を受けマカオに行き、そして戻って来た。

「今回は焦らずじっと現地の様子を見てきました。一緒に行ったアンジェロが大分突っ込んだ話を聞いてきました」

今回のマカオ行きには、ゴアで生まれたアンジェロが同行していた。ポルトガルは一五一〇年にゴアを占領し、モスレムの勢力を一掃した後、東方進出の拠点化を図り、多数のポルトガル人を移住させていた。明国からこっそり出国して住みついた者や、シャムの商人の往来もあり、ゴアの街角は国際的な雰囲気を漂わせていた。そこで生まれたアンジェロは、早くから異国の言葉に接し、特に明国の福建や広東から移住してきた男たちが話す南部の方言を身につけた。マカオでは彼の言葉が海辺の居民の心を開かせた。

「いきなり港や岸に着ければ問題を起こすと思ったんですよ。だから沖に船を停め、小舟で岸に近づき、水や食料が欲しいと伝えたんです、やはり我々の姿や形が彼らには異様なんでしょう。警戒はされました。でも海で暮らすというどこか同じ心は持っているらしい。アンジェロが話すと、水も食料も分けてくれました。お礼に明の銅銭をかなりはずんだら、とても喜ばれましたし、そこでしばらく風待ちすると話したら、分かった、分かった、衛所になど届けないと言ってくれました。翌日も翌々日も同じようなことで過ごしたのですが、四日目に出会った男がアンジェロに面白いことを話してくれたんです」

「なんだ、その面白い話というのは」

「アンジェロに向かって、おまえたちは宋の国を助けるためにやって来たのか、と聞いてきたそうです。アンジェロは何を言っているかさっぱり分からなかったのですが、ゴアで知り合った福建出身の男から簡単にこの国の歴史を聞いており、明朝の前には元朝があり、その前は宋朝であることを思い出した。それでその宋かと聞いたんです。そうしたら男はそうだと言う。しかし、残念ながら我々は商人で、宋を助けるために来たのではないと話したら、がっかりしたそうです」

「なんでそんな話が出てくるんだ」

「そうなんですよ。それでアンジェロは男に逆に聞いたんです。宋を助けるとはどういうことかと。そうしたら男はぼそぼそと話し始めた。実はこのあたりに住んでいる者のほとんどは、崖山《がいさん》の戦いで破れた宋軍の後裔なのだと」

宋朝は西暦九六〇年に趙匡胤《ちょうきょういん》が建国し汴京《べんけい》（現在の開封）を都に定めたが、一一二七年金《きん》の攻撃を受けて汴京は陥落した。南遷して臨安（現在の杭州）に都を定めた王朝は後に南宋と名づけられるが、その南宋の都も元の攻撃を受けて一二七六年に陥落した。南宋の一部は文天祥《ぶんてんしょう》を頭に各地で徹底抗戦を続けたが、次第に追い詰められ、とうとう崖山の戦いで元軍に敗れた。最後の幼い皇帝は臣下に抱かれ入水したという。ここで歴史上の宋は完全に姿を消したわけだが、崖山の戦いで生き残った南宋の男たちは、付近の山に身を隠し、元軍が去るのを待った。それから敗残の兵は少しずつ集まり、崖山付近の浜でいくつかの集落をつくり新たな生活を始めた。崖山とマカオは指呼の間《かん》で、現在のマカオの原型もその集落の一つという。

「男が言うには、先祖は幼帝の遺影を祀りいつの日かの再起を期していたそうです。巫女に占ってもらったら、いつか金色の髪の男たちが現れて助けてくれるという。そのご宣託を信じつつも、金色の髪の男などこの世にいないと皆半分思っていた。ところが村人から、沖の船で来た男たちが金色の髪をしていると聞いて、やって来たのだそうです」

「そうか。まるでお伽噺のようだな」

「ついでにアンジェロはいろいろなことを聞いてくれました。あなたたちはそれなら漢人ですねと。そうだと答えてきたので、では現在の明朝は蒙古族の元朝を北に追い払い、仇を討ってくれたわけですねと聞いたら、ふん、あの乞食坊主の皇帝がな、と半分朱元璋を軽蔑した答えが返ってきたそうです。宋朝の遺臣であることに誇りを持ち、明朝の皇帝にもあまり良い感情は持っていない。最初はちょっとおかしい男かなと思ったのですが、話しているうちに、なかなかの知識と見識を持っていることが分かりました」

「そうか、そこまでは分かった。ところで、そのマカオを新たな拠点とする方策は見つかったか」

「この男なら相談しても大丈夫だろうと思い、少し礼をはずみながら聞いたんです。お国が海禁の政策を取っていることは知っている。しかし、交易は相互の国に良いことだと我々は思っている。何か良い方法はないか」

「男は言いました。そんな真正面な言い方で話しても駄目だろう。役人は面子を重んじる。論破しようなどと思っても固くなるだけだ。でも彼らは海で航海することがどういうことか知っている。船で暮らせば、水も欲しいし、新鮮な野菜や果物も食べたくなる。病人も出れば陸で休ませたい。嵐に遭えば荷も濡れる。そういう話から入った方が良いのではないかと」

「なるほどな」

「それからもう一つ教えてもらいました。マカオから船で崖山を越えて南に進むと、ほどなく入り江があり、そこに浪白澳《ランパカウ》という港があると言うんです。この付近には良い港はないが、浪白澳は風よけには最適で、そこは俺たち仲間が住んでいるから船を泊めても明の役人には知らせないだろうと言うんで行ってみたんです。確かに風待ちする時には良い港です。それからこの双嶼の冬は時によって非常に寒い。冬場に一時停泊するには良い場所です」

「分かった。ご苦労だった」

アンドレが去った部屋で、ゴンサロは壁の地図に目を向け、腕を撫《ぶ》しながら考えに耽った。

第十七話　蘇州　沈家の庭

奥山に停泊している遣明船一号船では、八月一日に正使の策彦周良、副使の慈光院、そして居座、士官たちが集まり、今後の対応を検討していた。遣明船の居座、士官は主に禅寺から選任された僧で構成される。今回の遣明船の居座と士官は、門司と周防の有力な寺院から派遣された複数の僧と、大内家からの若干の武士が担っていた。居座、士官の役割は、遣明船の内部の規律統制や金銭面の管理、及び明側との実務交渉などである。

士官の吉見治部丞《よしみじぶのじょう》が口火を切った。

「とりあえず奥山に投錨してひと月ほどになり、なんとか落ち着きましたが、この後どうなりましょう。市舶司の言う十年一度の約束をそのまま守れば、あと二年近くこの状態で過ごさねばならないということになりましょうか」

吉見の言葉がきっかけとなり、次々発言が続いた。

「米、味噌はじめ食料は、数か月は大丈夫ですが大分傷んでいるものもあり、かなりの量の食料を調達せねばなりません。特に野菜が不足しており、体の調子が悪いと訴える者が増えております。水も雨水だけでは先行き不安であります」

「寧波に上陸後は、概ね明側の経費で賄われると予定しておりました。正式に受け入れていただけない状態では、これから食料を調達するにしても、すべてこちらの出費となります。準備した資金がどのくらい保つかは多少不安ではあります」

「間もなく季節が変わります。申酉《さるとり》の風が弱まり、北からの風に変わると今年の帰朝は無理となります。ここに留まり続けるか否かの判断は、ぼちぼち下さねばなりません」

「以前の遣明船で十年一度の約束から受け入れられず、寧波の付近で交易のみ行い帰朝した例もあったと聴き及びます。二年待たねばならないのなら、そのような選択もあるかと存じます」


　黙って話を聞いていた策彦周良は、一同の顔を見渡しこう述べた、

「大分暑くなったのぉ。しかし、海風は爽やかじゃ。皆の顔を見ていると、髭が伸びたのは仕方ないとして、額に寄せた皺の多さが気になる。そんな顔をずっとしていては心も萎えるぞ。ここは異国じゃ。異国に来た以上、思うとおりにいかぬのは覚悟のうえじゃ。わしは風が変わるからと言ってここですぐ帰るべきとは思わん。また何が何でも二年待とうという結論を出すつもりもない。必ずどこかに解決できる道筋があるはずじゃ。それを考

える。ただ、水や食料はそれなりに入手せねばならない。これについては、まず市舶司と即話し合いを持とう」

水と食料の供給を要請された市舶司の魏震は考えをめぐらした。一体彼らはどうするつもりか。すぐ日本に帰る腹ではなさそうだ。しかし、双嶼に行って交易を行うというそぶりも見せていない。まさか、奥山で二年も過ごす気ではなかろう。ただ、どの道を選ぶにせよ、水と食料は確かに必要だ。大明帝国がそれを拒んだら、あらぬそしりを受けるかもしれぬ。ここは彼らの要望を聞いてやるのもいいだろう。ただし、厳重な監視をつけて、必要な出費は彼らの負担だ。

遣明船での議論が続いている頃、葉子春は蘇州にやって来ていた。拡大する生糸と絹織物の調達を円滑にして、特に日本に対する商いの幅を広げるための下調べである。沈一観は葉子春をまず染めの商いを行う劉傑の工房に案内した。劉傑は四十過ぎと思われ、ぎょろりとした大きい目を持ち、ひきしまった口元をしている。劉傑のもとで働く職人たちは、昔ながらの絹や、最近増えている綿をさまざまな色に染め上げるという。大きな工房は染色の原料となる植物を詰めた麻袋と、染めに使う大きな甕で人がやっと通れるほどとなっていた。劉傑も葉子春が日本で絹織物を売った経験に興味を持ち、お互い短く自己紹介した後、早速聞いてきた。

「日本人はどんな色に興味を示したかね」

　葉子春は思い出しながら答えた。

「赤い色ですね。深紅の布が一番高値で売れましたが、淡い色の赤、黒みがかった赤の布にも商人たちが集まり、ああだ、こうだと相当話し込んでいました。こちらが想定した値より高く売れたものもあり、逆もありました」

「そうか、やはり赤か」

「赤を使った布や織物は概して値が張りますから、日本の商人も一番関心を持つのでしょう」

「それはだな、商人の後ろには、それを買って身につける女がいるからだよ。例えば、大きな庭に数十人の女がいて、さまざまな色の着物を着ているとする、それを少し遠くから男が眺めたら、その男の目に真っ先に入る女は赤い着物を来た女だ。これは間違いない。赤というより、紅といった方がいいだろう。その紅の色を出すのが紅花だ。深紅の色を出すには布の重さの五倍の紅花が要る。うまく色を出すには烏梅水《うばいすい》を使うが、これにもちょっとした工夫が要る。だから高価になる」

「そうですね。紅の色は黄色や青色に比べ、いわば強い色ですね」

「そうだ。だけどな、そんな強い紅の色の女が毎日毎日横にいたら、こりゃ気持ち悪いぜ。だからもう少し柔らかい赤の色が要る。うちでは桃紅色《とうこうしょく》と朱鷺色《ときいろ》を作っていたが、最近は蓮紅という色の注文が増えた。蓮の高貴な赤だ。なんでも唐の詩人の許渾《きょこん》の詩の神女詞に

長眉留桂緑　丹臉寄蓮紅

という表現があって、この詩にあやかりたい女がいるらしい」

「そうですか。日本の商人は、皆薄い色合いが欲しいと言っていました。だから、桃花色と朱鷺色は売れるでしょう。許渾の詩は知らないかもしれません。ところで日本の豊後では蘇木が売り買いされているのを見ましたよ」

「そうか。蘇木も赤色を出す大事な材料だが、あれは南方でしか採れない」

「琉球の商人が南方で仕入れて持ち込んでいると聞きました」

「そうか、蘇木は赤だけでなく紫色を作るにも必要だな。うちでは水に煮出した後、青礬《あおばん》を使って紫の色を出す」

「日本では蘇木に銅や鉄を使って濃い色を出すと言っていました」

「そうか。銅や鉄はまだ使ったことがない。今度試してみるか」

話は大分続いたが、双方の聞きたいことが大体終わったと見て、沈一観が声をかけた。

「大分お話もできたようですので、今日はこの辺で失礼しましょう」

二人はそれから、今後の交易に必要と思われる品々とその調達先、及び想定される取引価格などを打ち合わせた。沈一観は葉子春に言った。

「これで大体必要な打ち合わせはできました。私はこれからどうしても出席しなければならない同業者の会合があるのですが、私の父があなたと一度話したいと言っておるのです。数年前に隠居して店の仕事からは離れているのですが、双嶼での仕事を説明した時あなたのことを話したら、とても興味を持って是非一度話してみたいと言っているのです。もし構わなければ、父と一緒にお茶でも飲んでいただけませんか」

そのようないきさつがあり、葉子春は沈一観の屋敷の奥に案内され、父の沈徹と会うこととなった。通された部屋の眼前には、池を配した庭が広がっており、白い大きな石が池の向こうにいくつか配置されている。見事な庭だ。沈徹が静かに入ってきた。

「いや、すみませんな。わざわざ蘇州までお越しいただいて、こんな老人の付き合いまでしていただいて」

「とんでもありません。今日は、一観さんに蘇州の絹ができるまでのいろいろなお仕事の場に連れていっていただき、改めて蘇州の絹の奥深さを学んだところです。特に染色の技術に感心いたしました。まだ、気持ちも少し興奮しております。こうして立派なお庭を眺めながら、お茶をいただくと落ち着きます。大変ありがたく存じます」

沈徹は頷きながら菓子春の話を聞いていた。六十歳前後であろうか、髪が大分白い。一目で上等と分かる紺色の絹をまとい、眼光は鋭くもあり優しくもある。

「ところで、一観はあなた方のお仕事に協力をしているわけを話しておりましたかな」

「特に詳しくは伺っておりませんが」

「そうですか。今後のお付き合いのことも考えて少し話しておいた方が良いと思ってお誘いしたのです。実は私たち蘇州の商人は、今の明朝の体制をあまり快く思っていないのですよ。むしろ、憎しみを持って見ていると言ってもいいかもしれません」

「うすうすは感じておりましたが、やはりそうですか。いろいろな背景がおありと思いますが」

「そうですな。最初のきっかけは、明を建国した朱元璋の仕打ちでしょう」

沈徹が話す明の建国時期は、今を遡る二百年近く前で、元の末期の混乱期を、朱元璋、張士誠、陳友諒の三者が戦った直後である。明の建国前、蘇州は張士誠の本拠であった。

沈徹は語る。

「あなたの家は陳友諒の軍団の末裔と聞いた。だから、私の話も分かるだろうと思います。

当時の蘇州の商人たちは、張士誠の人柄には好感を抱いていなかったが、漢人が蒙古人の支配を打ち破るという旗印に共感し、それなりに資金の援助をやっておったのです。なにしろ、元の時代では蒙古人が一番上、次は色目人、三番目は金の支配下にあった漢族、契丹族、女真族、そして我々のような南に住んだ漢族は南人と呼ばれ最下位だった。さらに儒学を学ぶものを蔑むために、漢人の中でも身分差を設けた。そうして、儒者は序列で十等級の九番目に位置づけられた」

「その身分差については全く知りませんでした」

「あはは、そうか。それでは教えてあげましょう。上から言うと、官、吏、僧、道、医、工、匠、娼、儒、丐《かい》。すなわち儒者は八番目の娼婦と十番目の丐、つまり乞食との間ということです。このくらい辱めを受けた者たちが、張士誠が元朝を倒す行動を起こしたときに、一縷《いちる》の期待をかけたのもおかしくはない」

「確かにそうですね」

「その張士誠が朱元璋に敗れた。戦いには勝ち負けがあるわけだから、負けたものは仕方がない。でも朱元璋も乞食坊主と言われながらも、漢人の勢力を背景にして戦った。その朱元璋が国を興したわけだから、漢人に対しての見方は当然変わるだろう。特に儒教を精神的な柱にして学を修めた知識人を大事にするだろうと蘇州に住む者は思った」

「おっしゃることは理解できます」

「ところが太祖の朱元璋はこの期待を裏切った。戦いで権力を奪い取り、皇帝になった朱元璋は、国を再建する能力には乏しい。多方面の知識人が必要となる。朱元璋は、その道の知識を持つ人間を、確かに宮廷に集め始めた。昔から、この国の知識人を生んだ地域は南に偏っておる。宋の時代の科挙に合格した者の多くは浙江、江蘇の出だ。理屈では誰でもなれる進士だが、経済的なゆとりがなくては無理じゃ。元の時代には科挙がほぼ廃止されたが、知識人を生む土壌はやはり浙江、江蘇だ。だから明の時代となり、名のある蘇州の者は南京の宮廷に呼ばれたのだが、その中でひと際優れていたのが高啓《こうけい》だった」

「お名前は聞いたことがあります」

「百年に一人というくらいの秀才で、学もあったが、詩も素晴らしかった。わしは今でも高啓の詩を口ずさむ。『尋故隠君』など、これぞ蘇州という詩だな。

渡水復渡水　水を渡り、また水を渡り
看花還看花　花を見て、また花を見る
春風江上路　春風江上の路
不覚到君家　覚えず君が家に到る

しかし、朱元璋は高啓を宮廷に呼んだのにも拘わらず、彼の高い知識を生かそうとはせず、逆に警戒した。多分、後に自分に刃を向けてくると思ったのかもしれない。高啓もそれを察知して皇帝のもとを離れたのだが、最後に屁理屈をつけられ、殺されてしまった。その後、続々と名のある知識人は排斥され、殺された。それらの事件で蘇州の人間は朱元璋の本質を知った。だから、真に優秀な人間は宮廷の高級な役人になることを忌避した。そしてさほど優秀でない役人だけが集まる結果となった」

「そのたいしたことない人材が国の政策を決めている」

「そう、そのとおり。皇帝に睨まれることは絶対しない。今の海禁の政策が変わらないのも、とにかく太祖が決めた祖法だと言えばいいと思っておる者が多数だからだ。馬鹿な奴らじゃ」

「海禁の政策だけでなく、農業のみを国の基礎としている考え方も同じですね」

「そうじゃ。宋の時代には多くの取引ができた。それも国内だけではなく、国外へも。さらに漢人を馬鹿にした蒙古の元朝も、仕組みの基盤は商業だった。税も土地や作物にではなく取引に課した。これは商いを行う者にとっては厳しいことだが、一方で取引をどんどん拡大させる流れも国が作った。ところが、今の明朝の政策は全く逆じゃ。はるか千年以上前の孔子の時代に戻している。これでは国は大きくならない。民は豊かにならない」

「おっしゃるとおりですね」

「国というものをつくるには大きな図面が要る。その図面の上にいろいろな政策を載せていく。ところが、その図面をつくるという苦しい作業を放棄して、今の文官は、孔子曰くとしか言えない。こんなことがずっと続くと、あなた方がお相手している仏郎機とかいう外国人にこの国はやられるかもしれん」

「私も似たようなことを考えることがあります。彼らは貪欲です。商売も貪欲ですが、とにかく知らないものに向かって前へ前へと進む、そして征服できるものはなんでも征服したいと思っています。まさか明の国を征服しようとは思っていないでしょうが、国内に足場ができれば、どんどんこの国を蚕食《さんしょく》してくるでしょう」

「彼らの交易の腕はどうかな」

「交易も上手です。私は双嶼の交易所で仕事をして感じたことがいくつかあります。交易は利益を求めるためにお互いが行う行為だ、私は最初そう理解していました。その理解は今でも間違いではないと思いますが、交易には利益以外のものが半分ある」

「ほう、では残りの半分は何かな」

「残りの半分は金にからまる俗っぽいものではなく、もっと人の本性に根ざしたものです。うまくは言えませんが、人が新しいものに触れたい、知らない世界を知りたいという欲望を叶える、これが交易だと思います。不治の病を治す薬草がないか、限りなく細くそして強靭な糸はないか、どんな美女でも虜にするような香料はないか、人の欲望は限りない。それらを求めて動き回っても古今東西で実現できたのは百に一つ、千に一つかもしれない。でもそれが大きな満足を人に与え、おまけに利益も後からついてくる。これが交易だと思うんです。ポルトガル人は、百に一つ、千に一つの可能性を何十年、何百年追求してきた。そして手に入れた一つ一つを集めて巨大な力へと変えた。仏郎機砲はその一例です。火薬は、もともと我が国の発明と聞いています。しかし、それを生かすための百に一つ、千に一つしか実らない努力を我が国は放棄していた。そして今、仏郎機砲に怯えている」

「なるほど、子春さんもなかなか手厳しいことをおっしゃる」

沈徹は頬を少し緩めながら茶に手を伸ばした。

「せっかくのお茶が少し冷めてしまった。わしが好きな杭州の龍井です。ゆっくりお飲みください」

沈徹は改めて葉子春を見つめて言った。

「最初のお話に戻りますと、なぜ私たちがあなた方の交易と関わりを持っているか、それはただ明朝に対する憎しみのような感情からだけではありません。私たちは交易が拡大し、銀が巷で多く使われるようになることが、この国を変えると思っておるのです。いきつくところ、明朝を倒せるかもしれぬ。農民に税として米を納めさせ、長城や橋を造ると言っては過重な労力を課す。これは千年前の皇帝がやることです。理屈も分からず紙幣を作っては価値を落とし紙屑同然にする。全く分かっておらん。取引に必要なものはあなた方が日本から手に入れている銀です。これをどんどん増やせば、国内の織物も焼物も、そしてほかの仕事ももっと伸びる。皇帝もやっと少し分かってきたようで、南の地域では銀の使用が少しずつ認められてきたが、もう少し広げねばならん。そうすれば、宮廷内でも商いを行う者の考えを受け入れざるを得ない状況が生まれる。蘇州の同業者も双嶼と接点を持つことにはやや及び腰な者が多かった。しかし、今のままでは逼塞状態が続く。なんとしても銀を増やして商売の幅を広げたい、こんな思いから支えているのです」

沈徹の口調はますます滑らかに、そして熱を帯びてきた。こういう男たちが、何百年の間、蘇州の絹を育て、そして町を守ってきたのだろう、葉子春はじっと話を聞きながら、言葉の一つ一つを心に刻んだ。

第十八話　寧波の秋

寧波に北からの秋風が吹く候となった。奥山に停泊した遣明船には、付近の住民が小舟で近づき、食料など必要なものを売ることが許されていた。ただし、遣明船の近くには市舶司が出した船も待機しており、不審なものを運び込んで売ったりしていないよう監視を行っている。小舟で運び込まれた食料の中で、一番遣明船の一行を喜ばせたものは蜜柑であった。蜜柑は室町時代に中国から日本に伝わったと言われているが、策彦周良の遣明船のとき、日本ですでに栽培されていたかは不明である。しかし、策彦周良が残した〝策彦《さくげん》入明記《にゅうみんき》〟によると、蜜柑を買い求めた記録が目立ち、また皆で分け合って食していることから、室町時代には日本人にとって珍しい果物であったということが分かる。

小舟は塩、米、小豆、栗、野菜などを運び、また時には新酒も持ってきた。ひと月、ふた月経過すると、特に怪しい動きをする様子もないと判断したからか、監視も常時ではなくなった。秋が深まるにつれ、小舟が持ち込む品に寒さに備えるための炭が増えた。

双嶼の交易所では、許棟、王直、茂七の三人が話し込んでいた。

「今度の遣明船は、三年前に来た船と大分様子が違うようだ。夏に奥山に停泊したきりで動きを見せない。市舶司の魏震は、正使の策彦周良に双嶼で交易ができることをそれとなく伝えたと言っているが、どうやらここに来る気はなさそうだ。ただ、三年前の遣明船との取引を思い出すと、あれだけ大量の絹を売れる機会はそう多くない。使節団がたっぷり持っている銀を交易せずに黙って見逃すのも惜しい。何かいい考えはないか」

茂七が答えた。

「小舟で生糸や絹を持ち込んで売れればいいですけどね。だけど、監視の船に見つかるとそれでおしまいだ。それに小舟で運べば、たとえ油紙で包んでも絹に塩水がかかる恐れもある。こちらから持ち込んで商売するのはどうやら難しいですな」

「それは分かっている。だけど、あの船はどうなるんだ。このまま冬をあそこで越すというのか」

「頭、ちょっと様子を探りましょうか。趙昂に米と野菜を積み込んだ小舟で遣明船の船に持ち込ませ、中の様子を探りましょう」

「趙昂、日本名は弥吉だから日本語を使って売るわけか」

「いや、全く反対です。趙昂には日本語を全く使うなと言っておきます。どうせ、米や野菜を売るだけなら、値段が高いとか安いとかの言葉ですみます。それよりも趙昂には、船の上で何が話されているか探らせます。相手が明国人なら警戒せずに日本語で話しているでしょう。こちらから聞いてもまともな返事がもらえないような話が聞こえてくるかもしれません。例えばこれからどうする予定なのかとか」

「そうか、面白そうだな。趙昂一人で大丈夫か」

「探る役目は趙昂一人でもできますが、荷の上げ下ろしもあるし、葉子春をつけておきましょう」

「よし、それはそれでいい。ところで王直、新しく赴任した朱紈がいろいろやっているようだが、どんな具合か」

王直が、頭がそんなことも知らないのか、と言いたげな表情で答えた。

「いろいろやっているどころじゃないですよ。本気ですな、あいつは。船を持っている福建や浙江の金持ちは怒り狂っています。これ以上商売を邪魔されたら生かしておけねえと息巻いている親父もいますが、なにしろ相手は海道提督軍務に浙江巡撫を兼務ですから何もできない」

「各地の港の交易はどんな具合だ」

「どんどんやりにくくなっています。陸の商人に騙されて力ずくで取り戻すと、それが倭寇だ、倭寇だという噂が飛び交う。その消息はすぐ隣の街に広がり、うちらが行っても相手にされなくなる。そうするとますます武力に訴える悪い循環となっています。ここ双嶼の交易所で行っている限りは、売りも買いも問題なく進んでいるんですが、この先多少不安ですな」

「こちらが陸の商人を騙していることはないのか」

「いや、それもあるかもしれません。なにしろ船主の締めつけが厳しく、相応の借り賃を払うためには船を預かっている者も無理をせにゃならん」

許棟と王直との会話は続いたが、なんらの結論を得ることもできなかった。


二十日後、趙昂と葉子春が許棟に遣明船内部探索の報告を行った。趙昂と葉子春はこの間三回遣明船に物売りで訪れた。趙昂がまず話した。

「遣明船の一隻に小舟を着けたら、舷側《げんそく》で受け取るが船には乗せないというんですよ。通事に今日は少し揺れが大きいので、海に落とすとまずいからと話したら、分かったと言って乗せてくれました。ついでに売れた米を船の倉庫に運びますと言って、中をひととおり見たんですが、かなりきちんと整理されていました。数か月船の上で暮らしていると聞いていたので、中はもっと汚く、乱れているんじゃないかと思ったんですが、意外でした」

「それで何か分かったことはあるか」

「船内の壁に御触れのような紙が貼られていて、ちらりと見ただけですがなかなか面白いものでした」

「なんだ、その御触れというやつは」

「〝渡唐船法度の条々〟と書かれていまして、やっちゃいけないことが二十八条ずらずら書かれているんです。全部はとても覚えきれませんが、大唐の法を守れ、博打はいかん、明国に着いたら武具を持ってはいかん、などなどですが、その中で面白いのが酒について書かれている御触れでして」

「ほう、なんて書かれているんだ」

「正使以下、発足の朝より大明に至るまで宜しく酒を禁ずべし、と書かれているんです。だから船で酒なんぞ飲んじゃいかん。でも酒樽はあちこちにありましたし、おまけに正使も酒は大好きなようです。誰かが日本語で、昨日正使が仕官を呼んで酒を飲んでいたと話していました」

「そうか、日本の僧は酒を飲むのか」

「そうらしいです。それと二度目に小舟で行った時、面白い話があります。これは葉子春さんから話してもらった方がいい」

葉子春が続けた。

「一回目は趙昂について荷物運びをしていました。ついでに船内の男が着ている着物や荷物の様子を見ていたんですが、一人の中背の男の着物の帯に、神屋と名前が縫い付けてあったんです。前回豊後の府内に行った時、博多の銀を押さえているのが神屋の一族と聞いていた記憶があったので、ひょっとするとこの男も神屋一族の一人ではないかと思ったんです。でも私は日本の言葉ができない。だから、この男が船のどこの居場所にいるかを確認しておきました。そして三回目に船に乗った時、神屋が一人で甲板にいるのを見つけて趙昂に話しかけてもらったんです。わざと中途半端に少しだけ日本語ができると言って」

「そうか、それで」

「相手は驚いたようですが、退屈していたんでしょう。何か用かと聞いてきたんです。それで葉子春を呼んで、実はこちらは絹の商いをする男で、蘇州の素晴らしい絹を扱っている。特別にご用立てすることができると」

「そうしたら、急に周りをきょろきょろ気にして、それはこの船の上ではできない。ただし、上陸できれば是非取引したい。上等な絹は欲しい。支払いする銀は十分に持ってきている、というんです」

「そうかやはり神屋の一族か」

「神屋新九郎と名乗っていました」

「神屋の一族とうまく取引ができれば銀の入手は容易になる。よくやった。様子を見ながらもう一、二度行って、この神屋新九郎との関係をうまくつくっておこう」

しかし、その後遣明船の警備は急に強化され、小舟での物売りは市舶司が許可を出した者以外は認められなくなった。


朱紈は蘇州の浙江巡撫の役所の一番奥の部屋で、窓から黄色くなりかけた銀杏の大木を眺めていた。手には十日前に届いた宮廷からの書面がある。明史はこれについて次のように記載する。

「紈奉詔便宜処分」

つまり朱紈は、日本からの遣明船をどうするかの判断を一任するという指示を受けたわけである。自分の任務である海防に加えて、皇帝への朝貢を行う船の可否まで判断せよということか。北京の宮廷には、この遣明船を受け入れるにせよ、追い返すにせよ体を張って意見を具申する奴はいないとみえる。現地の様子をより正確に探って判断した方が良いとかなんとか言って、逃げてこちらに対応を投げてきたのだろう。面倒なことだ。ただ、ものは考えようだ。面倒なことをきっちりこなせば、それなりの評価が待っている。

ふと官吏としてこれまで辿った人生を振り返った。自分は正徳十六（一五二一）年の進士の第二甲百十名のうち七十二番の成績で合格した。まあ、真ん中から少し下の成績だ。その成績に従って役職と赴任地が決められるので、いまだ中央の部署には縁がない。南の各地をそれなりに回ってそれなりの成績で過ごしてきた。ただ、北京の宮廷は身近な北の脅威に対応するのが精一杯で、倭寇を含めた南の地域の問題にあまり関心がない。それはおかしい、特に南の海防は重視すべきであるとの具申をたびたび行ってきた。今回の人事はその具申を見た誰かが嘉靖帝に推薦したのであろう。自分は齢《よわい》すでに五十五歳。ぼちぼち最後の仕事となる。体のあちこちにも衰えを意識する。ここはきっちり仕上げねばならない。

考えてみれば、遣明船をどうするかという新しく舞い込んだ問題を、うまく倭寇掃討の課題と合わせて処理できるかもしれない。そもそも明朝が朝貢を求めた理由は、国家としての正当性を周辺の国々に認めさせることにあった。それが故に朝貢してきた国には過大な土産も持たせた。その目的がほぼ達成された今、北京の宮廷は朝貢を受けることにあまり熱心ではない。船の数、人員、派遣の間隔年数などの制限を加えてむしろ抑え気味だ。従って、今回の遣明船も定めに従っていないのであれば、受け入れを拒否しても北京の宮廷は問題視しないだろう。

しかし、考えてみれば、明朝が自分で周辺国に朝貢せよと促しておきながら、時が経ったらいつの間にかもう要らないといっているのも、信義に反する話だ。受け入れるのが本筋だ。そう考えると、今回の遣明船を不測の事態から守るという理由で、この寧波付近に明の軍船を集結させることができるだろう。それはいい考えかもしれない。事実、この遣明船は途中で海賊に遭遇し、多数の死傷者を出したというではないか。

朱紈は倭寇の問題を片付けるためには、最終的に双嶼の港をすべて焼き払わねばならないかもしれないと考えていた。ただ、そのためには相当大規模な軍船を集めて攻撃する必要がある。それだけの軍船を近くに集めれば、当然双嶼の港にいる者も察知し、逃げ出すかもしれない。なんとか、それなりの理屈をつけて自然に軍船を集められないか。策彦周良の遣明船の護衛がその理由として使えそうだ。

第十九話　策彦周良上陸

秋もさらに深まったある日、朱紈のもとへ一通の書状が届いた。遣明船の正使策彦周良からである。寧波の市舶司魏震が受け取り、蘇州の朱紈のもとに届けさせたという。今まで遣明船の対応はすべて魏震に任せていたが、倭寇掃討の戦略との兼ね合いもあり、自ら乗り出そうと考えていた矢先であった。ちょうどいい、何を言ってきているか見てみよう。朱紈は封を開けた。

達筆な筆で書は起こされていた。日本国王源義晴（足利義晴）の使節として、皇帝に拝謁するために苦難を乗り越え海を渡ってきた。以前寧波で起きた事件は大変遺憾であるが、当方は決してそのような事態を引き起こさぬよう明国の規律を守る。冬の厳しい寒さも間近であるので、せめて寧波への上陸を許可願いたいとの主旨である。魏震からの報告と併せて考えると、内容に特に目新しいものはない。しかし、着目したのはその見事な筆遣いである。我が国の能筆の書は今までいくつも見たが、それらに十分匹敵する。さらに末尾に添えられた杜甫の詩にも意味がありそうだ。

遅日江山麗　春風花草香　泥融飛燕子　沙暖睡鴛鴦
遅日、江山麗《うらら》かなり。春風、花草香《かんば》し。泥は融けて燕子飛び、沙を暖めて鴛鴦《えんおう》睡る
寒さと厳しい船上の生活の中で、明の国土の豊かな春を待ちわびているということか。なかなかの人物と見える。一度会ってもいい。いずれにしても、あの遣明船の警護は少し厳重にしておこう。朱紈は窓からすっかり葉を落とした銀杏を眺めた。

朱紈は双嶼を攻撃するために、南方の福建で軍船の調達と兵の訓練を行わせていた。浙江巡撫の職に着任する前に視察した海防の実情は、まことに嘆かわしいものであった。書面上に記載されて本来あるべき軍船や兵の数は、実際には半数以下しかなく、これで双嶼を攻撃してもとても満足な成果は得られない。従って、まず軍船の整備と兵の訓練が必要だ、これが朱紈の認識である。ただ、実際に攻撃を行うとすると難しい障害が二つあった。一つはポルトガル船の存在である。報告によると、常時三、四隻の船と二、三百人のポルトガル人が双嶼にいるという。
明国の法を破って行動しているのだから全員を捕らえても、また戦闘で殺しても文句はないだろう、というのは理屈ではあるが、その後の対処が難しい。ポルトガルは間違いなく難癖をつけてくるだろうし、悪くすれば報復行動を起こすかもしれない。それにポルトト

ガル船に積まれている仏狼機砲《ふらんきほう》の威力のすごさも聞き及んでいる。小舟による接近戦に持ち込めばなんとか勝てると思うが、正面から相対すれば仏狼機砲によってこちらにも相応の被害が出るだろう。従って、ポルトガルの連中との戦いは避けたい、どうすればよいか。

もう一つ頭を悩ませているのが、双嶼の相手に攻撃を悟らせない工夫だ。福建で行っている軍船の訓練は、双嶼からかなり遠いので気づかれる心配はさほどない。寧波に多少増やした軍船は、遣明船の警護だという噂を地元に流しているので、これも双嶼の攻撃とは直接結びつかないだろう。ただ、福建にいる大量の軍船を寧波に近づけさせたら、いくらなんでも双嶼の連中は身の危険を感じるだろうし、逃げ出すかもしれない。それをなんとか阻止したい。

朱紈のもとには先々週ある消息が寄せられていた。それは市舶司の魏震が怪しいという報告である。魏震の館の男が、たびたび寧波の楼で双嶼の男と会っているらしい。市舶司と双嶼の連中とは密かに結んでいるのではないかという。本当か。魏震を呼び出して聞いてもまともに答えるはずはない。朱紈は一計を案じた。

双嶼の位置する六横島対岸の佛渡島を、二週間後のある日、朱紈の部下が調べるという情報を魏震に流した。佛渡島の港は、湾口の方向が双嶼と逆のため、双嶼の船が風よけに利用できる。また、少数の船は常時佛渡島の港を利用しているらしい。視察をするという日の佛渡島の状況を調べさせたところ、港に船は一隻も停泊していなかった。なるほど、魏震は双嶼の奴らとつるんでいる。それならこのまま泳がせておいて、いざという時、偽情報を流そう、朱紈は一人納得した。

冬となり、時々寧波の海にみぞれが降り注いだ。南の福建での軍事訓練は徐々に軌道に乗ってきている。朱紈は双嶼を攻撃する前に、遣明船を受け入れる前提で、日本側の意向を詳しく聴取し、さらに明側の示達を徹底するために部下を遣明船に派遣した。そのやり取りがしばらく続き、嘉靖二十七（一五四八）年の三月となってようやく策彦周良の一行に寧波上陸の許可が下りた。

三月九日の午後、四隻の船は錨を上げ奥山から寧波の港に向かい、港の沖で錨を下ろして翌朝の上陸まで待機した。日本側が驚いたことに、四隻の移動に対してなんと百隻以上の軍船が護衛についた。いくらなんでも多すぎるのではないかと思ったが、寧波の港にこれだけの軍船を集める真の理由は誰も分からなかった。その相当数は、福建で訓練を終えた軍船であった。

翌日三月十日の暁に四隻の遣明船は寧波の港に着岸し、まず正使、副使、居座、史官などの幹部が上陸した。この日は代表者だけが上陸し、打ち合わせの後、再度船に戻る予定である。正使の策彦周良は、市船司の館に向かうよう言われたが、そこには蘇州から朱紈が直々に来て策彦周良を待っていた。笑顔で策彦周良を迎えた朱紈はまず茶を勧め、通事を使って長い逗留期間の労をねぎらった。策彦周良も上陸の許可を出してもらった礼を述べ、滞在中の諸配慮をお願いした。儀礼的な話が終わった段階で、朱紈は突然通事に下がるよう指示を出し、代わりに紙と筆を用意させた。そして筆でさらさらと文字を書き始め、出来上がった書面を策彦周良に見せた。

「貴方は漢語の能力があるので筆談したい。通事を入れてはお互いの言いたいことに誤解が生じる恐れがある。宜しいか」

と書いてある。策彦周良は、

「結構です。筆談でお話ししましょう」

と筆で答えた。この対応をきっかけに二人だけの筆談は始まった。朱紈は書いた。

「貴方は昨年秋の書面で、朝貢の約束を守らずに四隻の船に多人数を乗せて、それも十年一度の期間以前に来た理由を述べているが、本当に事実なのか。それとも別な理由があるのか」

これに対し、策彦周良は丁寧に補足し、さらに温州沖で九人の死者を出した事件の顛末を説明して、四隻の船も人員の超過もあくまで自衛的な措置であることを説いた。二人の筆談は次第に熱を帯び、朱紈は一行の明国滞在中の法の順守を厳しく要求し、策彦周良は北京へ上京できる日本側の人数、明国滞在中の随員の行動のできるだけの自由などを主張した。卑屈にならず、堂々と要求してくる策彦周良に対し、一方の朱紈もその要求をそのまま受け入れることはできない理由をはっきりと説明した。二人の筆談は延々と続いたが、朱紈は策彦周良の誠実な人柄と遣明船を統率する能力を心中で高く評価し、策彦周良は日本側に不信感を抱く明朝内で、今回の受け入れを判断してくれた朱紈の見識に深く感謝の念を抱いた。

　午後から開始した筆談の交渉は、いつの間にか蝋燭を点ける時刻まで及んだ。別室で待機していた副使、居座、士官の二十二名が戻ってきた策彦周良を出迎えたのは、窓の外がすっかり暗くなってからであった。こちらの要求が相当叶った旨の交渉内容を聞いて、皆は喜び、燈を灯しながら歩いて船に戻った。

　翌週から乗員の上陸と荷揚げが始まったが、百隻を越える軍船は引き続き治安維持の名目で湾内に留まった。この年は三月後半に再び寒の戻りがあり、寧波の海上には北風が吹き込んだ。

ポルトガルの館では、壁に貼られた世界地図をゴンサロがじっと見つめていた。そもそもポルトガルがゴアからマラッカへと海上の拠点をつくってきた目的は、一つには世界を東西に二分する境界線を、スペインとの間でできるだけ有利なかたちで引くこと。そしてもう一つは明国への布教と交易による進出である。

明国に比べ、日本はさほど重要な進出先とはとらえられていなかった。しかし、日本では本国も不足する銀を多く産し、さらにこちらが持ち込む鉄砲が大きな交易品となりうる。明国の門戸は現在固く閉ざされているのに比べ、日本はポルトガル船の来航を受け入れてくれるし、日本と明国の間を、絹と鉄砲と銀で相互に往復させれば、大きな利益がもたらされる。日本との交易は決して軽視できない。それに比べ、明国との接点が不正常な点がなんとも歯がゆい。アンドレが報告したマカオの近くの浪白澳が、明国の扉を開ける一つのきっかけとなりうるなら再度検討する価値がある。

春が近いというのに、ここしばらく寒い日々が続く。この北風に乗って思い切って浪白澳に行ってみるか。そうだ、避寒でしばらく南に行くといえば、双嶼にいる同国人は皆喜んで一緒に行くだろう。留守番だけ少し残して行ってみよう。

三日後に双嶼の港からポルトガルの船が消えた。

許棟は市舶司の魏震の使いの者から、口頭で連絡を受け取っていた。内容は四月上旬に朱紈の指示で軍船が双嶼を攻撃する。しかし、双嶼の港の船を数隻焼くくらいで引き上げる。双嶼攻撃は、北京の宮廷からの倭寇掃討の命令を受けたもので、形式的な実施の報告を行えばすむから慌てなくともよいとの内容である。寧波の港には確かに軍船が増えている。先日遣明船四隻を護送したと部下から報告を受けたばかりだ。

寧波の乱のような騒動を起こせば北京の宮廷から責任を問われる。遣明船を見張る必要があるのだろう。これだけの軍船を集めたのだから、ついでに双嶼も攻撃して北京への受けを良くしておこうということか。許棟は一人考えた。それならどの船を焼かせようか。魏震が朱紈から疑われていることなど、許棟は知る由もない。

その二日後、葉子春は蘇州の沈徹の使いの者からある情報を入手した。四月の上旬、多分六日か七日に、浙江巡撫朱紈の指示で盧鏜《ろどう》が率いる軍船が双嶼を襲うという内容である。蘇州で茶を飲みながら沈徹が述べる熱を帯びた話を思い出した。蘇州の絹が双嶼の交易所で取引されている。その交易所が攻撃されるので逃げろということか。葉子春はこの情報を茂七に報告し、茂七は直ちに許棟に報告した。許棟はにやりとしながら話を聞いた。

「その件はとうの昔に知っている。だがな、それはかたちだけの攻撃だ。すぐ引き上げる。交易所が焼かれたりすることはない。心配いらない」

茂七は王直にも話した。王直は許棟と葉子春が話した内容を聞いて言った。

「ひょっとすると葉子春の話の方が本当かもしれぬ」

葉子春は茂七と二人きりになって話した。

「頭の許棟の話と、沈徹の話のどちらを信じるかですが、私は沈徹の話の方が正しい気がしてならないんです。一緒に双嶼を離れましょう」

茂七は丸い大きな目で葉子春を見つめ、ゆっくりと告げた。

「子春、俺は許棟に可愛がられてここまできた。だから許棟のもとを離れるのは、どうしても気が進まん。どちらが正しいか分からんが、俺はここに残る。おまえは好きなようにしていい」

四月三日、王直は主に日本との交易を行っている船団を連れて双嶼を離れた。その船に葉子春も乗っていた。

少しずつ緑が戻った蘇州の庭で、沈徹は茶を飲みながら届いた書状を整理していた。家業は沈一観に任せたが、むしろ今の生活の方が忙しいと感じることがある。なにしろ、各地からかなりの頻度で情報が来ている。

この仕事は七十歳を越した同業者の陳亮から引き継いだ。蘇州の同業者のまとめ役が明朝成立以来引き継いでいる影の宮廷工作人とでもいえばよいか。

情報の送り手は、蘇州及び江蘇省出身の官吏である。彼らは蘇州の名家や裕福な商人の家に生まれて、小さい頃から進士を目指して学問に没頭し、科挙の試験に合格して明朝の官吏になった者たちである。それらに加え、家が裕福ではないが優秀な子どもには、蘇州の同業者が金を出し合って教育させ、科挙に合格させた者たちもいる。彼らは官吏になっても蘇州や江蘇省に赴任することはない。それは地元との癒着を防ぐための明朝の決まりである。それは仕方ない。しかし、彼らは各地の政治と商業の様子を、蘇州の沈徹に正確に知らせてくれる。四川の成都の絹織物取引の状況、福建や広州の密貿易の状況、蒙古軍に対する山西の明軍への軍需物資の調達状況など、通常では入手できない情報がかなり緻密にこちらに入る。

経験がまだ浅い官吏は地方に散らばっているが、四十歳も過ぎると北京の宮廷のしかるべき部署に入る者もいる。蘇州が彼らに求めているのは海禁策の解除であるが、残念ながらまだ実現には至っていない。しかし、蘇州の絹に関する情報は即刻知らせてくれる。新しく浙江巡撫として赴任した朱紈が、倭寇を殲滅させるため双嶼を攻撃する全権を与えるよう書面をあげてきた情報もその一つである。

朱紈が双嶼を攻撃した結果、交易所がもしなくなってしまえば痛手だが、交易を行える人間は残しておかねばならない。沈徹は、葉子春に双嶼攻撃の情報を伝えるべく使いを出した。

それともう一つ、倭寇討伐は大事だが、交易所も全滅させるような策はやりすぎだ、それを率いる朱紈という男、どうにかせねばならい。どうするか。沈徹は再び茶に手を伸ばした。

第二十話　双嶼滅亡

四月七日早朝は、北風が強く黒雲が空を覆っていた。寧波の港に待機していた百隻の軍船は北から双嶼の港がある六横島に迫り、福建から増強された軍船五十隻は南から六横島を目指した。全軍は双嶼の港を攻撃する部隊と、六横島を包囲して島からの脱出を阻止する部隊に分かれ、まだ薄暗い時刻に行動を開始した。島に残っていたのは許棟を頭とする数百人と、ポルトガルの留守を預かっている黒人数名で、彼らは許棟から港の入り口に停泊させてある二隻の船が焼かれれば明の軍船は引き上げると聞いていた。

しかし、攻撃が始まると湾内に停泊させてあった二十数隻の船にも火矢が撃ち込まれ、燃え上がる炎が北風に煽られ、港の一帯は赤黒い煙に覆われた。許棟は信じられないという表情で湾内の惨劇を眺めたが、騙されたことにようやく気づき、港の反対方向の岬に泊めてある小舟を目指して走り出した。茂七も後を追った。

島に上陸した明軍の兵士は、建物に次から次へと火を点け始めた。媽祖を祀っている天妃宮が火に包まれ、ポルトガルの石造りの館は、室内に油をまいて火が点けられた。抵抗する者には容赦なく刃を浴びせかけ、観念した者には後ろ手に縄をかける。島からの逃走を図った者の大多数は、周囲に待機した軍船に捕縛された。島の住居のほとんどは夕刻までには焼け崩れ、あたり一面はぶすぶすと焼け残りの煙が昇る廃墟となった。

朱紈は翌日以降、双嶼の港を二度と使えぬようにするため、焼け残った船の残骸を港に沈めさせ、港の入り口にあった小山を切り崩し、その土砂と木材で港を塞ぐよう指示した。

この時期、一人のポルトガル商人としてインドからマラッカ、さらに日本に旅したメンデス・ピントは、その著『東洋遍歴記』で双嶼を次のように描写した。

「千戸の家、二つの病院、一つの慈善会館があり、千二百人のポルトガル人やそのほかの国のキリスト教徒三百人が生活している。知事、判事、警察官、公証人など官吏もいる」

また別に伝わる話では、双嶼が壊滅した後、双嶼の港を目指して航海してきた船が一か月で千隻を越え、双嶼に行けないため海上を彷徨ったとも言われている。

この二つの話にはやや誇張があると思われ、そのまま信じることはできないが、いずれにせよ後の歴史家に〝十六世紀の上海〟とも名づけられた対外交易の港である双嶼は、ここで完全に姿を消した。

双嶼が攻撃される数日前に島を離れた王直の船団は、舟山本島の北の入り江で様子を窺っていたが、双嶼が滅亡したことを知ると舟山諸島の一つである金塘島《きんとうとう》の烈港《れっこう》に向かった。

金塘島は六横島に比べ寧波に近く、その分再度攻撃される危険性も増えるが、寧波付近の海岸線での取引が容易になる。双嶼が攻撃されたことは、王直と一緒に行動した集団に大きな影響を与えた。彼らは主として日本との交易を主とする集団となっており、王直をまとめ役としては見ていたが、さほど強い上下関係はなかった。

しかし、明軍に対抗するためにはもっと強い連帯と指揮が必要となる。徐銓《じょせん》、謝和《しゃわ》、葉宗満《ようそうまん》など今まで王直と一緒に仕事をしてきた主だった者は、烈港で王直を頭目として改めて認め、その指示に従う盟約を結んだ。そして徐銓が中心となり、浙江、福建における海岸線で密貿易を行っていた別の集団と抗争を広げ、時には相手を倒し、時には自陣に組み入れた。こうして巨大な密貿易集団であり、かつ時には略奪を行う新しい王直集団が徐々に形成された。

双嶼が滅亡したことにより、新たに頭目となった王直であるが、彼は略奪をあくまで一時的で防衛的なものととらえ、交易を主体にせねばならないと考えていた。交易を日本と行おうとすれば、ポルトガルとの連携が必要となる。なんといっても彼らの鉄砲が日本との交易には決め手となる。双嶼で一緒にいた時には、彼らとの連携は比較的容易にできた。

しかし、烈港に拠点を構えた今、彼らとの接点はない。なんとか関係を再構築せねばならない。

ゴンサロは、双嶼滅亡の消息を浪白澳で受け取った。そろそろ避寒も終え、双嶼に戻ろうと思っていた矢先であった。双嶼が滅亡したということは、明国におけるポルトガルの拠点がなくなってしまったことを意味する。避寒で来た浪白澳は、港の設備も陸の住居も拠点というにはほど遠く貧弱だ。とすれば、なんとしてもマカオを拠点化せねばならない。日本との交易をどうするか。豊後の府内での交易は成功したが、葉子春と趙昂に助けてもらった。平戸や博多は王直が押さえている。これからどう手を打つか。ゴンサロが思案に耽っている時、烈港からの船が到着し、王直の書状が届いた。そこには、次のように書かれていた。

「ゴンサロと連携したい。平戸や博多に案内する」

ゴンサロは書状から目を上げ、一人でにやりと笑った。ポルトガルの鉄砲が日本との交易に必要なのだろう。それならこちらも少し条件をつけよう。葉子春と趙昂にポルトガルの仕事を再び手伝ってもらおう。平戸と博多は自分が行くが、葉子春と趙昂を別な船に乗せ、イレーヌをつけて豊後の府内に行かせよう。日本の政情はまだ不安定で、石見の銀と博多を押さえる大内氏と、豊後で尾平の銀を手に入れようとしている大友氏のどちらが将来優位に立つか分からない。平戸と府内の両方に手を伸ばしておいた方がよさそうだ。

朱紈は双嶼を滅亡させた後、一気呵成にほかの港の捜索に乗り出した。同時に、上陸させた策彦周良の使節団の北京への出発の手筈を整えねばならず、多忙を極めた。そんな中、五月の上旬、ある書き物が策彦周良たちの滞在する嘉靖堂に投げ込まれた。そこには次の内容が書かれていた。

「皇帝は嘉靖堂に滞在している使節団を、包囲して焼き殺すよう朱紈に指示した。港の四隻の船も焼き払うよう命じている。嘉靖堂での滞在を続けるのは危険である。すぐさま、こちらから先手を打って市舶司と警備兵を殺し、船に戻れ」

策彦周良はこの投げ文を偽物だと察知し、寧波府に通報した。厳重な捜査にかかわらず、書き物を投げ込んだ者は特定できなかった。朱紈は、倭寇掃討を推し進める自分に対する仕組まれた罠であることを強く意識したが、こんなことで初心を曲げるわけにはいかぬと一層海上の警備を強めた。

そんなある日、朱紈のもとに思わぬ消息が入ってきた。温州に現れて周辺の村々を略奪した賊を捕らえてみたところ、そこに双嶼で取り逃がした許棟とその直属の部下たちがいたのだ。朱紈は安堵した。

さらに数か月後、双嶼攻撃を指揮した盧鏜が、漳州付近の港に入った不審な二隻の船を追尾したところ、相手からの砲撃を受け、数刻の戦闘を行った後ようやく勝利を収めた。海に飛び込んで逃げた賊などをすべて捕らえてみたら二百人近い人員となった。これらの捕縛者の状況を一人一人調べた結果、明軍に明らかに砲や銃を向けたと判断される者が九十六名いたので、朱紈はその九十六名に対し死罪を命じた。双嶼の攻撃を準備している間、朱紈は持病の胃の痛みをあまり意識しなかった。しかし九十六名を死罪に処した後、名状しがたい疲れを覚え、そして胃の鈍い痛みが始まった。


金塘島の烈港から、豊後の府内に向けて進むポルトガルの船の船尾では、葉子春とイレーヌこと圓圓が遠ざかる舟山諸島の姿を見つめていた。ポルトガル船が圓圓たちを乗せて浪白澳を出港し、烈港で王直と打ち合わせを終えたのち、葉子春と趙昂を乗せたのだ。

「最初に府内に行ってから四年になるのね」

潮風が髪を乱すのを手で押さえながら、圓圓が葉子春に話しかけた。

「日本に近づいた時、小さな島の頂上から白い煙がもくもくと湧き出ているのには驚いた」

「そうね、でも府内には病に効くという温泉が数か所あって、私も一度だけ連れていってもらった。少し熱かったけれど、とても気持ちが良かった」

「領主の大友義鑑に贈った時計は無事動いているだろうか」

「もし壊れていたら、府内に入れてもらえないかもしれない。無礼者、とか言われて鞭で打たれるかも。おお、怖い」

「そんなことはないだろう。しかし、豊後の国は大友家に従う国衆の関係が複雑で、小さな揉め事がよく起きるという。府内滞在中、平穏であればいいが」

「あなたは、豊後の南にある銀山のことが気になるのね。ところで蘇州の沈一観とはうまく連絡ができて良かったね」

「双嶼を逃げ出して烈港に着いた後、すぐ蘇州に向かった。軍船は双嶼のある六横島に集結していたので、こちらはうまく動きが取れた。沈一観も双嶼攻撃を驚いていたようだけれど、引き続き蘇州の絹の取引を続けてくれることになった」

府内に向かうこの船には、アンドレとゴア政庁から派遣された三人の宣教師が乗っていた。ポルトガルによる布教活動が本格的に開始されたのだ。ゴンサロは浪白澳に残り、マカオの拠点化に向けて工作を続けている。

葉子春が圓圓に尋ねた。

「マラッカで育った時、キリスト教の洗礼は受けなかったのかい」

「父はポルトガル人だから、もちろん洗礼を受けさせたかった。でも明の国で育った母親は反対した。キリスト教に反対したのではなく、それは子どもに決めさせたいと。だから大きくなってキリスト教に入信するもよし、入信しないのもよし、という選択を私に与えてくれたわけ」

「それで、今はどう思うんだい」

「信仰の力は大きいと思う。人は信じるものを持つと、目の中に静かな落ち着きのようなものができると思うの。でも、まだ私はまだ決めきれない。何かに自分を委ねるような怖さも感じる」

「そうか。私の育った国では、仏教や道教が広く民に信じられているが、仏教でいえば惨めで苦しい現世に対する死後の安らぎや、道教でいえば仙人の住むような世界で不老不死を願うような憧れを求める気持ちがあるように思える。私は賤民の子として生まれて、その中でなんとか生き残ろうと必死にやってきたので、仏の前に座したことはあまりないが、時々心の安らぎを求めたい時もある」

「そうね。それもどうするかは自分が決めることね」

舟山諸島列島は視界から徐々に消えていったが、二人は薄茶色の海を見ながらいつまでも話し続けた。

蘇州の沈徹は、緑が濃くなった庭を眺めながら、息子の沈一観の話を聞いていた。

「そうか、葉子春は助かったか。事前に文を出しておいて良かった。ところで、双嶼がなくなって烈港に王直や葉子春は移ったそうだが、絹の商いは引き続き続けられそうか」

「大丈夫です。寧波の港の役人には十分賄賂を渡していますから、船で烈港に運ぶのは難しくありません」

「分かった。それではしっかり続けてくれ」

息子が去った部屋で、沈徹は一人呟いた。

「あとは朱紈をどうするかだな」

第二十一話　策彦周良の旅

話は少し遡り、双嶼が滅亡した嘉靖二十七（一五四八）年四月のことである。明の官軍が双嶼の攻撃に向けて付近で待機している時、不審な船と遭遇して交戦し、五十名を超える男たちを捕らえた。また、双嶼攻撃の時、明軍の攻撃から逃れ六横島の奥に隠れていた賊もいたが次々に捕縛された。彼らのほとんどは浙江・福建出身者であったが、数人の外国人も混じっていた。まずは双嶼の港で捕らえられた顔の黒い三人の男で、いずれもポルトガルの館で働き、ちょうど主人たちが南に行っている間、留守番をしていたという。マラッカやその近くで生まれ育った者らしい。供述や風体から嘘とは思われず、三人に対してはそれ以上の厳しい追及は行われなかった。

問題になったのは、不審な船に乗っていた二人の日本人である。どうやら、明国の密貿易者に混じって活動をしていることは間違いなさそうだが、具体的な供述が胡散臭い。薩摩の出身だというが、武士か商人か不明だ。日本刀はじめかなりの数の武器を持っており、単なる交易を求めてやって来たのかどうか怪しい。

調べを行っている最中に寧波府から書状が届き、策彦周良の一行が滞在している寧波の嘉靖堂に怪しい書き物が投げ込まれたという。策彦周良に、寧波の市舶司たちを殺して逃げろと促す内容である。ひょっとしたらこの投げ文と、二人の日本人は裏で関係があるのかもしれない。朱紈は五月十四日、直接嘉靖堂の策彦周良を訪ね、この日本人が今回の遣明使節に関係がある者かどうか問いただした。策彦周良は全く関係がない旨を丁寧に説明し、朱紈もそれを了解した。前回の長時間にわたる筆談で、お互いの人柄を認め合う関係にはなっていたが、この会談で二人はさらにその認識を深めた。

同時に策彦周良は、寧波の港に護送されるときの多数の軍船の姿を思い出し、自分たちの朝貢が倭寇を掃討するという明の行動に組み込まれていることを強く意識した。

「賊は双嶼だけでなく、浙江や福建にまだまだおります。これから私はその任務に忙殺されることになるでしょうから、北京に行く手筈を細かくは見ることができませんが、市舶大監がお世話をいたします。道中ご無事で良い旅をなさってください」

朱紈はそう言い残して足早に寧波を去った。

朱紈の温かい言葉とは裏腹に、上京の手筈は遅々として進まなかった。難航した理由の一つが北京に行くことができる人員の数である。かつての遣明船派遣時には数百人の上京が許されていた。策彦周良の前回の渡航の際も揉めた事項であったが、原因が以前日本側が起こした寧波の狼藉にあることが明白であったので、上京できるのは五十人までという明側の指示を受け入れざるを得なかった。しかし、前回は平和裏に朝貢を終えたわけであり、今回はもう少し交渉の余地があると策彦周良は考えていたが、相変わらず五十人が限度という。その人員に関する通知も六月五日にやっと北京から届いた。さらにそれ以外の細かい内容を含めて上京許可が下りたのが、八月二十一日であった。

この間、一番気を揉んでいたのが船頭である。寧波から日本に戻るのは、申西の風（西南西の風）が吹く五月から六月が好ましい。秋から春にかけて吹く北風は逆風で論外であり、夏の南風は舷側が低い日本の船にとっては事故の危険がある。寧波から北京を往復する時間を考えると、交渉の遅れは帰国の一年遅れに繋がる。しかし、焦っていてもどうしようもない。八月二十一日に許可を受け取って、寧波を出発できたのはさらにひと月半経過した十月六日であった。出発時は秋の良い季節であったが、道中は寒い冬が予想された。

秋から冬に変わり、蘇州の沈徹は庭に配置された石を眺めながら、各地から寄せられる書状に目を通していた。益州（現在の四川省）の奥で、桑の木の病気が広がり、蚕の飼育に今後悪い影響を与えそうだという。他人事ではなく、蘇州でも桑の木の様子には気をつけねばならぬが、もしこちらの江蘇一帯が大丈夫で、被害を受けるのが益州のみであれば、蘇州の大きな儲けに繋がる。なるほど。

寧波の様子は、直接息子の一観から聞いている。双嶼の攻撃には、日本から来ている遣明船の護衛という名目を周囲に流し、官軍の船を集結させたらしい。遣明船の正使は策彦周良という僧だという。遣明船には公の朝貢を行う者以外に、多数の商人が乗っていて寧波で買い付けを行う。多分ぼちぼち始まっているだろう。一観にうまく絹の商いをやってもらえばよい。さて、今日書状を出さねばならないものはほぼ終えた。そろそろ日課の散歩にでも出るか。沈徹は年には似合わぬ軽い身のこなしで立ち上がり外に出た。

寧波を出た策彦周良は十月末には杭州の西湖に遊び、十一月末には蘇州に着いた。蘇州滞在中の十二月十一日、策彦周良は随行している慈眼と釣雲を連れて虎丘寺に来た。策彦周良が明国の景勝地で一番気に入った場所が虎丘寺で、初めて来た時の記録集である『初渡集』では虎丘寺の門や建物に掲げられている額の文字一つ一つ丁寧に筆を進め、虎丘寺の詳細を書き残している。虎丘寺の歴史は古い。越に敗れた呉の闔閭《こうりょ》がこの地に埋葬されたとき、三日後に白い虎がその墓に現れ、墓を守ったという伝説がある。蘇東坡が「蘇州に到りて、虎丘に遊ばずば遺憾なり」と詠んだことから、この地は有名になった。

釣雲が策彦周良に話しかけた。

「和尚は船旅の間でも、虎丘寺をこよなく愛でて、お話をされておられましたなあ。このたびはいろいろありましたが、ここまで辿り着けば、北京の宮廷に着いたも同じ。私もこの地の時の流れにすっかり慣れてしまいました。ゆっくりまいりましょう」

目の前は虎丘寺の中でも有名な剣池である。呉王夫差《ふさ》が父の闔閭をここに埋葬した時、三千本の剣を一緒に埋めたことからこの名がつけられたと言われている。その剣を求めて秦の始皇帝や呉の孫権が墓を掘り起こしたという伝説もある。

剣池から石段を登りながら、慈眼も話に加わった。

「昨年の初夏に寧波の近くまで辿り着き、それから奥山での長い逗留生活、さらに寧波に上陸してからの上京に関する長い交渉がありました。和尚がおっしゃるように異国の違いをどっしり受け止め、短気にならず、交渉の隙間を粘り強く広げてこちらの要望を叶えていかねばならぬこと、よく分かりました。それにしても、上京の人員をこれだけの少数に絞って譲らないのは、寧波の事件の後遺症だけとは思われません。多分、明朝の財政が苦しいのでしょう」

策彦周良は、紅葉が終わり枯れた樹木の間から注ぎ込む陽の光を顔に受けながら答えた。

「遣明船のように各地から朝貢してくる国の数は減っているという。多分、このかたちで明に朝貢し、併せて両国間の交易を行うということは長くは続かんだろう。ただ、市井の者たちが自由に国の外と交易をできないという定めを変えない限り、我が国の商人や明の国の商人は、朝貢の形式に頼らない交易を別のかたちで求める。それが円滑に進むかどうかは分からんがな」

上りの道が続いたため、三人は近くの亭で少し休憩を取った。

「秋も深まったのに汗が出るようじゃのう。初めての異国の旅はいかがじゃ」

策彦周良が慈眼に尋ねた。

「見るものすべて面白うございます。私が特に面白いと思ったのは、運河の仕組みです。高低差がほとんどない地はそのまま舟を進めることができますが、高低差がある地では、二つの水面の間に堰を設け、舟の底に竹の簀板《すいた》を渡して、牛に引かせて強引に舟を上げたり下げたりする。はたまた復閘《ふくこう》を造って舟の前後を順番に囲み、水を出し入れして舟の水面を、次の水面の高さまで上げ下げする。これは急流の多い日本の川ではなかなか見ることができない光景であります。印象深うございました」

「これから北にずっと続く大運河の先には、堰も複閘も多数ある。ところで日本にはあるがこの国にないものがある。何か分かるか」

「さて、何でしょう」

「それは瀬戸内の海じゃ。瀬戸内は海で川ではないが、九州と畿内を結ぶ大きな川ともいえる。わしは最初に長江を見た時、その大きさに驚いたが、ふと瀬戸内の海を思い出した。あれは長江よりも大きい日本の川ではないかとな。外海ほど波は荒くない。北風が吹けば、風よけができる南側の港を持つ島がある。逆の風もしかり。瀬戸内の海のおかげで、この大陸からの文物が九州だけでなく、大坂や京都にまでまっすぐ行くことができる。大陸の大運河に匹敵する日本の自然の運河といえるかもしれん」

「なるほど、瀬戸内が運河とは、和尚はまるで空から大地を眺めているような大きな目をお持ちですな」

三人は休憩を終え、大雄宝殿に入り如来像を参拝し、さらに奥に所在する七層の塔の三層まで登った。塔は三層まで登ることが許されている。虎丘寺全体は小山の上に建てられているが、その一番上にある塔の三層から見下ろす景色は、筆舌に尽くすことができないほどの見事さである。葉を落とした木々の隙間からは、寺に配置されたいくつかの亭や巨石が見える。池にかけられた橋も見事だ。そして蘇州の街がその先眼下一面に広がる。

すっかり満足した三人は、寺院内の小径を下って帰路についた。その時、後ろから来た一人の男が小走りで三人の横を通り越していく際、よろめいたと思うと策彦周良の体に抱きついた。策彦周良も慌てて両手で男を抱えた。ほんの一瞬であった。男は体勢を戻し、再び駆け下った。ふと策彦周良が懐に手を入れると巾着がない。小粒の金と、策彦周良が記録をとるための紙を入れている。金もさることながら、記録の紙にはこの十数日の活動を書き残してあり、なんとしても取り戻したい。

「泥棒！」

策彦周良は大きな声を上げた。泥棒は前方を走り下っており、その先には杖をついた老人が一人こちらに向かって登って来る。小柄であり、年恰好からとても泥棒を捕らえることができる力はなさそうだ。泥棒がその老人の傍を走り抜けようとした際、小径の脇に寄った老人は、手に持った杖を泥棒の足を目掛けて投げつけた。杖は見事に泥棒の左右の足の間に入り込み、泥棒はもんどりうって前に倒れ、勢いで体を回転させながら数段下まで転げ落ちた。はずみで巾着は空を切って小径に落ちた。

よほど強く体を打ったとみえて、泥棒は顔を歪めて立ち上がり、右足を引きずりながら下っていった。巾着を拾った老人は策彦周良を見上げ、落ち着いた声で言った。

「不届き者ですな、お怪我はありませんか。私がもっと若ければ捕まえて役所に突き出すんだが」

明の言葉で話しかけられた三人は一瞬躊躇した。策彦周良は、難しい内容は筆談でしかできないが、簡単な言葉は話せるようになっていた。

「大変ありがとうございます。私は日本からの使節の者で、策彦周良と申します。大切な記録が入っておりましたので、助かりました。重ねてお礼申し上げます」

今度は老人が少し緊張して、一瞬言葉を探しあぐねているようだった。策彦周良という名前が老人になんらかの驚きを与えたようだ。

「私は沈徹と申します。この地で絹を取り扱っておりましたが、もう隠居の身でしてな、毎日虎丘寺を散策しております。異国の方に、この国の馬鹿な奴がとんだご無礼をかけました。お許しください」

策彦周良と沈徹はお互いを見つめ合い、軽く会釈をして別れた。小径を下っていく三人を沈徹はじっと見送って、呟いた。

「あの僧がこのたびの遣明使節の正使か」

策彦周良の一行は、翌年の嘉靖二十八年四月十八日北京に到着し、朝貢の数ある儀式をすませ、八月九日北京を出発し、十二月三十日寧波に着いている。そしてさらに半年近く風を待ち、策彦周良は翌年六月に大内義隆が待つ周防に帰着した。

第二十二話　神屋新九郎の商い

策彦周良を正使とする一行五十名が、北京に向けて寧波を発った嘉靖二十七（一五四八）年十月、嘉靖堂に残った商人たちの活動が始まった。遣明船の第一の目的は、明朝に朝貢することであり、その明確な道筋ができるまでは、自分たちの要望をとやかく言うことは差し控えねばならないが、商人たちは皆うずうずしていた。ある者は持参した品が望む値で売れるかどうかを気に病み、ある者は買いたいものが実際手に入るかを心配した。

商人たちが一様に不安に思ったのが商取引の方法である。売買に際しては、間に牙人《がじん》が入る。売り手と買い手の間に入り、値を調整し、支払いと物品の引き渡しを確認する。ところが、これまでの遣明船での取引の実態を聞くと、この牙人に悪い奴がいて、前金を持ち逃げしてとんずらしたり、日本に帰国するまでに商品をこちらに届けなかったりした例があったという。

しかし、商人たちの危惧は解消された。これらの前例を聞いた朱紈が、取引の信用を高めるために、市舶司に牙人一人一人を調べさせ、信用が置ける者に信票という書式を発行したのだ。同じ内容を記した台帳を日本側に渡し、二つを照合することで不届きな牙人が介入できないようにした。これは日本側にとって大変ありがたい措置であった。

牙人と会う取引の場は嘉靖堂のすぐ近くの建物で、日本から持ってきた物品を売りたい者は、ここに見本を数点持ち込み、値の判断してもらう。合意できれば、それから牙人が買い手を探す。明の物品を買いたい者は、その希望を牙人に伝え、値を決め、牙人が売り手を探す。大量の絹織物の購入などの場合は、納品の期限も問題となる。牙人に対する新しい措置のもとで始まった取引は概ね円滑に進んだが、中にはいつまでたっても売り買いの値が合意できない場合もあった。長い時間をかけて明までやって来て、このくらいの儲けでは帰れないという商人たちの熱を感じさせる交渉が続いた。

博多の商人神屋新九郎も取引の開始を待ち焦がれていた。今年三十五歳になる。三年前に米問屋のかよを口説き落として結婚し、一昨年男子の慶一郎が生まれた。本当ならかよの温かい膝枕で転寝《うたたね》して、慶一郎と遊んでいたいところだが、遣明船の話がきた。一族の神屋主計《かずえ》は前回の遣明船の総船頭を務め、持参した銀で高価な絹織物を仕入れ、博多で売りさばき大いに儲けたという。神屋主計の弟が石見の銀を一手に収めた神屋寿禎《じゅてい》であり、神屋の親族は寿禎のおかげでいろいろな商いの元手を手に入れ、各々博多では名の知られる商人となった。

神屋新九郎は、神屋主計のはからいで、今回の遣明船に入ることができ、神屋の本家筋からは多額の銀を借りることができた。なんとか明の品物をうまく仕入れ、博多で売りさばき、かよと慶一郎と一緒に住む大きな家を持ちたい。とはいえ、何を仕入れたらよいのか。一番売れるのは生糸と絹織物という。奥山で寧波上陸まで待機している時、乗り込んできた明の売り子が、絹織物を扱うという男を紹介してくれた。しかし、どう連絡して良いか分からない。それに、かつてはどんな絹織物を持ち込んでも数倍で売れたというが、今はそれほど甘い話ではなさそうだ。見る目があって、本当に良い品物を安く仕入れれば儲かるだろうが、絹織物についてそれほどの知識があるわけではない。悩んだ末に、いくつかの品物の商いを考えた。今日はその一つを試そう。神屋新九郎は牙人が集まる建物に足を向けた。


建物の入り口で紹介された牙人は許律と名乗った。小柄でやや落ち着きのない風体をしている。神屋新九郎は通事を入れて話を始めた。

「銅銭が欲しいんですよ。それも古くて文字が見えにくくなっているやつとか、欠けたり割れたりしているもの。皆さん使えなくなって店の奥かどこかに溜まっているんじゃないですか」

話を聞いた牙人は不審な目つきで聞いてきた。

「あんた、本当に古くて使えないような銅銭が欲しいのかい。日本人は、明の新しい銅銭が欲しがるという話は聞いたことがあるが、こんな話は初めてだ」

「それで手に入るのかい」

「少し時間をもらえば集められると思うが、おまえさん、そんな古い銅銭をどうするんだい」

「それは、あんたには関係ない話だ。ところで、どうせもう使うことが難しくなってしまった銅銭だ。割れたり欠けたりしているものは四枚一文、形はあるが文字が見えにくくなっているものは二枚一文でどうだ」

「あまり面白そうな仕事じゃないが、一貫文（千枚）集めたら百文足してくれたらやるよ。み月ほど要るな」

「分かった。それでいこう」

三月後、牙人はなんと二百貫文（二十万枚）の銅銭を集めてきた。千枚ずつ紐で通して縛ってある。銅銭は枚数が少ない場合は、巾着にジャラジャラと入れておくが、数が多くなれば千枚を紐で通して保管する習慣がある。不良な銅銭を同じように千枚で括って持っていた者がいて、これだけの枚数を集めるのにそれほど苦労はしなかったという。

「驚いた。こんなに集まるとはなあ。それだけ古い銅銭が眠っていたんだ」

神屋新九郎は、再び同じ牙人と会って伝えた。

「もう百貫文欲しい」


博多を出る前、神屋新九郎は近くの禅寺である鳳林寺《ほうりんじ》の和尚沢彦《たくげん》を訪れた。しばし日本を離れることからの挨拶であったが、和尚は思いがけないことを言った。

「うちの寺の梵鐘をなんとしても立派なものに変えたいのだが、宋銭や唐銭の古いものがあったら、少し持ってきてくれ」

鳳林寺は名刹であるが、五十年前の大火で本堂と鐘楼が焼失し、大きな梵鐘が破損してしまった。浄財を集めて、とりあえず新しい梵鐘を造ったものの、集まった金が満足いく額ではなかったため、小さなものしかできなかった。当然音色が異なる。以前の梵鐘はグォーンと腹に響く音であったが、新しい梵鐘はコーンという響きでしかない。梵鐘は、本来時を知らせる役目を負って存在するものではない。梵鐘の音を聞く者は、一切の苦から逃れ、悟りに至る功徳があるとされる。従って、その音は重く、余韻があるものでなくてはならない。

「梵鐘を造るには、銅を主体として少量の錫や亜鉛を入れると聞いております。和尚のお寺の現在の檀家の皆様からご浄財を集めれば、かなりの量の銅が買えることでしょう。なんで古い宋銭や唐銭が要るのでございますか」

神屋新九郎は沢彦和尚に聞いた。

「新九郎さんは、僧が勧進の旅に出て、村々の辻に立ち、一人一銭の浄財を集め、それで寺を新しく建てたり、修理したりすることをご存知でありましょう」

「はい。博多の街角でも時折見かけます」

「日本の銅は、奈良の和同の時代から国中で懸命に掘り出してきたため、仏像を造るにも、梵鐘を造るにも、大体手に入ったのです。ところが鎌倉の頃から採掘が落ちたようで、国内でなかなか手に入らなくなった。それで目につけたのが市井に使われている唐《から》の国からの銅銭じゃった。それを沢山集めて溶かして仏像や梵鐘の材料とした。いわばやむを得ぬ処置だった。そのため、勧進僧が全国を回るということが起きたのです。今、日本では再び採掘が進み銅が手に入る。唐の国の銅銭を使う必要はない。しかしですな、人の心にいったん染みついたものは恐ろしいものです。勧進僧が集めてきて鋳潰した銅で造った梵鐘こそが、値打ちがあるありがたい梵鐘だとの思い込みが、いつの間にか我が国の檀信徒の間で広がった。金で買った銅で造った梵鐘の音では、ありがたくないのじゃ」

神屋新九郎は、沢彦和尚が梵鐘の製作を着手する儀式に大量の銅銭を広げて、これは全国津々浦々の信徒が鳳林寺の梵鐘のために寄進をしてくださった銅銭です、と檀家に披露している姿を想像した。同時に、この話は博多の鳳林寺だけのものではないだろう。きっとほかの寺にも似た例があるのだろう、唐の国の古銭を集めれば、結構な商売になるかもしれないと判断した。

そして明に来て牙人に依頼をしたら、ぎっしり重い古銭が手に入った。よし、これでいくつかの寺に持ち込める。

しかし、牙人を介する買い付けはそう容易なことではなかった。

神屋新九郎は、博多を出発前、茶人である村田慶雲から頼みごとを受けていた。天目茶碗が欲しい。それも曜変《ようへん》天目と呼ばれる茶碗が手に入れば、金は惜しみなく出すという。神屋新九郎は村田慶雲の茶室で彼が持っている天目茶碗を見せてもらった。

鉄を使った釉薬を使うため、全体に黒っぽい。圧巻は茶碗の内側の文様である。斑紋というそうだ。大小の丸い斑紋が広がり、黒い夜空に無数の星が浮かんでいるようにも見える。天目茶碗の中でも高級な曜変天目は、斑紋の縁が青紫で、光が当たる角度で玉虫色に変化するという。

「これは難しいご注文ですな。曜変天目の茶碗かどうかはっきり証明できるものがあればいいが、そうでなければ普通の天目茶碗ということですな。値はそれほどつかないのでしょう」

神屋新九郎の問いに村田慶雲は答えた。

「そうとも言えぬ。油滴《ゆてき》天目、灰被《はいかつぎ》天目などもあり、いずれにせよ天目茶碗であれば、おまえが言う値で買い取るから、買ってきてくれ」

おまえが言う値で買ってやると言われる品はそう多くない。神屋新九郎は茶器を扱う牙人を台帳で探した。李新帆と名乗るいかつい男が現れた。

「天目茶碗が欲しい。できれば曜変天目が欲しい」

神屋新九郎は単刀直入に要求を伝えた。しばらく黙っていた李新帆はゆっくり口を開いた。

「曜変天目は宮廷で使われるような高級な茶碗だ。そう簡単に手に入らない。普通の天目茶碗は寧波でも手に入るが、曜変天目は作るところまでいかねば手に入らないだろう。福建だ。三月くらいはかかるだろう。探しに行く費用と前金で銀二貫欲しい」

神屋新九郎は迷った。品物が何も目の前にない状態で、それだけの前金を払う価値があるか。それに、天目茶碗は宋の時代に日本に持ち込まれたという話だが、今でも同じ技法で作られているか分からない。しかし、言い値で買うといった村田慶雲の言葉を思い出し前金を支払った。

二週間後のことである、嘉靖堂で寝泊まりしている別な商人二人が部屋の隅で話し込んでいるのが耳に入った。切れ切れに「李新帆」という名前と茶の道具の名が出てくる。どうやら李新帆と取引を現在進めているらしい。おかしい。李新帆は曜変天目を探しに福建に行ったはずだ。

「私も茶の道具を人から頼まれているのですよ。今度行く時、一緒に連れていってください」

神屋新九郎は二人に頼んだ。三日後に二人と一緒に取引所に足を運んだ神屋新九郎は思わず息を呑んだ。目の前にいる李新帆という男は、確かに体格は似ているが全く別人であった。失礼にならないように断ってから本人の信票を見せてもらったら、間違いなく李新帆と記してある。事態がよく呑み込めないまま、ありのままを李新帆に話した。

「それは私を騙《かた》った偽者ですな。私の信票と同じものを巧妙に作り、私がこの取引所に来ない日を狙って私になりすまして金を受け取ったんでしょう。信票を逆手に取った詐欺です。銀二貫ですか。それは残念なことですな」

李新帆は、それ以上神屋新九郎とは話はないとばかりに、同行した二人と商談を開始した。

神屋新九郎はがっくり肩を落として取引所をあとにした。

天目茶碗で痛い目に遭った神屋新九郎は、気を取り直して別な買い付けに動いた。取引所に行き、こちら側が持っている台帳を頼りに皮を扱うことができる牙人を探した。高鐘という背の高い色白の男がやって来たので信票を入念に確認した。

「皮が欲しいんですよ。虎の皮と豹の皮が」

「虎と豹かい。そりゃ値が張るぜ。鹿の皮や熊の皮ならすぐ渡せるが、虎や豹じゃ探すのに少し時間がかかる。一体どのくらい欲しいんだい」

「値にもよるが、良いものが三枚ずつだな」

「虎の皮は一枚銀四貫、豹の皮は一枚銀三貫だ」

「そりゃ高い。もう少し値を下げられないかい」

「鹿や馬の皮の話をしているんじゃない。虎や豹の皮と言えば、宮廷で高貴なお方が使うものだ。手に入れることそのものが難しい。この値で駄目なら話はなしだ」

「分かった。それでどのくらい時間はかかるかい」

「まあ、ふた月みてほしい。臘月（十二月）の中頃、もう一度ここで会おう。ところで大分大きな金となるが、本当にそれだけの金があるのかい」
神屋新九郎は、背負ってきた厚い布袋の口を少し広げ、中の銀塊を高鐘に見せた。高鐘は少し驚いた表情を見せたが、すぐこの取引を了承した。

神屋新九郎が博多を発ったのが、日本の天文十六（一五四七）年である。後に戦国時代と言われるこの時期は、将軍足利家の権威が衰え、各地で戦国大名が覇を競った。この年、武田信玄二十六歳、上杉謙信十七歳、北条氏康三十二歳。まさに動乱の時代の幕開けであった。戦いには武器が必要であり、刀や槍が大量に作られたほか、新たな武器として鉄砲造りが近江や堺で取り組まれた。

同様に武具の需要も増し、博多や大坂の商人は大量の兜や鎧の発注を受けていた。普通の武士が身につける兜や鎧は戦闘に適するものであればよく、飾りなどは不要である。ただし、部隊の指揮官や大名が身につける兜や鎧は、味方の象徴としての艶やかさや、見目の良さも求められた。鎧の威《おど》しの材料の一つとして使われたのが動物の毛皮である。日本にはいない虎や豹の毛皮は、朝鮮半島から少し入ってきたものの、貴重品であり戦国大名の特に希求する品であった。

神屋新九郎は、武将の間に伝わる虎の毛皮を使った鎧の伝説を知っていた。それは平家に代々伝わり、平清盛や嫡男の重盛がこよなく愛した「唐皮鎧《からかわよろい》」である。唐の国から伝わった虎の毛皮で威しを作った鎧で、「小烏」という名刀とともに平家に代々伝わってきたという。この鎧は不動明王の化身とされ、それを身につければ、「弓矢は当たるものの、刺さらず」と言われ、魔の力があると信じられてきた。残念ながら壇ノ浦の戦いで失われたが、戦国の武将はこの言い伝えを信じた。神屋新九郎は、まず周防から博多一帯を治める大内家にこの毛皮を売り込み、さらに畿内の勢力争いの様子を見つつ、京や近江の商人に売ることもできると考えた。虎の皮と豹の皮は必ず儲かる。これが神屋新九郎の弾いたそろばん勘定である。

二月後、虎の皮と豹の皮は三枚ずつ揃った。虎の皮に大きな刃の傷があったので、二割負けろと言ったら簡単に了承してくれた。高鐘は虎の皮を大きな敷物として使うと思ったらしく、刀の傷あとが価値にさわると理解したようだが、鎧の威しに使うためには裁断もするし、なにより虎の毛が一番大事だ。刀の傷は大きな支障にはならないはずだ。よしこれでいいだろう。

神屋新九郎は本当は北京に行く一行に加わりたかった。なぜなら、銀の価値が明国内で大分異なり、その価値の差で移動しながら銀を交換して儲けられないかとも考えていたからだ。しかし、それはできないので諦めた。あとは正使の策彦周良の一行が戻ってくるまでゆっくり寧波で休もう。

離れたおかよの顔が毎日瞼に浮かぶ。これだけ長い間会っていないのに、掌や指にはおかよの柔らかい肌の感触が残っている。慶一郎も日々大きくなっているのだろう。早く博多に帰りたい。

臘月の空には黒い雲が流れ、北風が日々強くなってきた。

第二十三話　双嶼のあとの日々

浙江と福建の海を取り巻く情勢に大きな変化が生じていた。それは朱紈の死である。双嶼を壊滅させた後も、朱紈は海岸の村々を荒らす倭寇に対し、精力的に討伐を進めた。しかし、熱心に取り組めば取り組むほど、その行動は非合法な交易により利益を上げている者たちの反発を生み、排斥の動きが北京の宮廷内にも起き始めた。朱紈の放逐をもくろむ者たちが問題視したのが、漳州付近の港で盧鏜が捕らえた賊九十六名を処刑したことであった。倭寇を掃討する権限は皇帝より朱紈に全面的に委任されていた以上、賊を処刑したこと自体は真っ向からは責任を問えない。しかし、処刑された者たちが本当に賊であったかどうかを厳密に調べる手続きに不備があり、賊と判断された者の中には、罪を問うべきではない明国の良民も含まれていた、これが朱紈を弾劾する理由であった。

朱紈は掃討作戦の山場を越えた段階で辞表を提出していたが、なかなか認められず、嘉靖二十九（一五五〇）年五月ようやく受理された。その後身柄は拘束され、北京からの朱紈の罪状を直接聞き取りする手続きが開始されることとなった。ここに及んで、朱紈は何が何でも自分に罪を着せる強い力の存在を認識し、不名誉な死に貶められるよりはと自ら毒を仰いだ。嘉靖二十九（一五五〇）年十二月のことである。明史には彼の残した言葉が記されている。

　異国の賊を除くことは易く、自国の賊を除くことは難し。
　沿海の賊を除くことは易く、衣冠の賊を除くことは難し。

朱紈亡き後、浙江、福建の海はますます倭寇の跋扈する海となった。

　葉子春のいる豊後の国でも大きな政変が生じていた。藩主大友義鑑が内紛で殺され、大《おお》友義鎮《ともよししげ》（宗麟）が跡を継いだのだ。義鎮は義鑑の嫡男であり、もともと家督を継ぐ地位にあった。しかし、義鑑は側室が生んだ塩市丸に家督を継がせたいと思い、義鎮を遠ざけ、義鎮に従う腹心の家臣の排斥と殺害を計画した。だが逆に危険を察知した義鎮の家臣たちに逆襲され命を落とし、義鎮が義鑑の家督を継いだ。天文十九（一五五〇）年のことである。藩内は一時騒然となり、葉子春も家に潜んでじっと騒乱の成り行きを窺った。

　しかし、事態は早期に鎮静化し、義鎮のもと新たな体制が出来上がり、引き続き海外との交易を継続できることとなった。義鎮は藩主となって豊後の国の立て直しを図り、翌年には宿敵大内義隆が陶隆房《すえたかふさ》の謀反により自害したのを機に、とうとう博多の実権を手に入れた。また宣教師ザビエルを府内に迎え、キリスト教の布教を許したことにより、キリストの教えがこの地の人々に広がり始めた。

そんな日々、葉子春はゴンサロと一緒に平戸に着いた王直から書状を受け取った。王直は松浦家に厚遇をもって受け入れられ、住居を構えた平戸と五島列島の港を本拠としているという。交易も順調に進んでいるらしい。ただ、文末には葉子春が心配していたことが書かれていた。それは、許棟と茂七が捕まり、その生死が不明だということである。

王直は続けて書いていた。許棟と茂七が再びこの仕事に戻ることはできないだろうから、葉子春は自分の判断で身の振り方を決めてもよい、王直の指揮下のままで仕事をするのか、ポルトガルの指揮下に入るかの判断を任せるとのことである。茂七の顔が目に浮かんだ。確かに再び会えることは難しいのだろう。葉子春はこの機会にポルトガルの指揮下で交易の仕事を続ける決断をし、趙昂も葉子春と行動を共にすることとした。

この判断は圓圓を喜ばせた。府内における交易は、相変わらず寺社の敷地で寺社の監督のもとに行われている。明の国からやって来る船との交易はさほど問題なく執り行われてきたが、ポルトガル船が入港した時、及び明の船にポルトガル人が乗り込んで交易を行う場合は意思の疎通が難しい場面があり、葉子春の双嶼の経験や、圓圓と趙昂の言葉の能力が力を発揮した。ポルトガル人が府内に現れるのはそれほど頻度が多くない。ただ儲けが大きいので活躍の場がある。

　ゴンサロは葉子春に三つの指示を出した。一つ目は蘇州の絹の取引経路を確保すること。二つ目は葉子春も鉄砲の知識を習得してポルトガルの鉄砲を売り込むこと。三つ目は尾平の銀を入手することである。一番目の絹の件は、王直とも連携して烈港とそのほか二、三の港を蘇州との取引のために安全に確保しておかねばならない。鉄砲の売値は大分下がったが、それでも儲けはまだまだ十分にある。さらに新しい型もできているという。

　葉子春が府内に着いて数年の間に、鉄砲はかなり日本の国土に広がった。堺と近江の国友の鍛冶衆が工夫を重ね、ポルトガル本国から持ってきたものと比べても遜色ない水準の鉄砲が出来上がったのだ。しかし、堺と国友の鉄砲衆を悩ませたのが硝石である。日本は雨が多いため、水に溶解する性質を持つ硝石は鉱脈を形成することが難しい。従って国内では採れない。ポルトガルとの交易は、鉄砲そのものより、硝石及び硝石と硫黄などを混ぜて作った火薬に重点が移った。

　二年後に烈港も激変に見舞われることとなった。明朝が重い腰を上げ、烈港に巣くう倭寇の掃討を命じたのだ。新たに任じられた兪大猷《ゆたいゆう》が軍船を率い、烈港に停泊する王直指揮下の倭寇の船団を襲った。一部は沈められたが、倭寇の多くの船は逃げ出し平戸の王直のもとに向かった。ほかの港を使用していた倭寇の別な集団は、烈港の攻撃を知り同じく逃げ出し、日本に向かった。数か月後、五島の島々の港には浙江、福建の海岸から逃げてきた船が多数集結し、新たに王直の指令下に入った。

王直は浙江、福建にある港を三つ選び、その港は明国の品々を仕入れるためとして配下に略奪行為を禁じ、日本に対しては交易を取り仕切る顔を前面に出した。一方浙江、福建の港からなんとか逃げ出し、明朝の仕打ちに復讐心を抱く男たちが、三港以外の明国の海岸を襲うことは黙認した。かくして明史に〝嘉靖の大倭寇〟と名づけられた略奪行為が各地で頻発した。

平戸から浪白澳に戻ったゴンサロは、烈港の港が攻撃され、多くの倭寇が日本の王直の許に逃れ、再び明の海岸を襲ってくるのを苦々しく見ていた。これではとても平穏な交易ができる状態ではない。王直がやりたい放題やらせている略奪を止めさせねばならない。明国の軍船では数も足らず、第一装備が貧弱すぎる。ここはポルトガルの出番かもしれない。ゴア政庁に伝えてポルトガルの軍船を呼び、倭寇を鎮圧してその成果を明朝に報告させよう。半年後に到着したレオネル・デ・ソウザを艦長とする軍船三隻は、巨大な仏郎機砲に火を噴かさせ、倭寇の船を襲って乗っている男どもを捕らえ、明朝の官憲に引き渡した。

これで明朝はポルトガルに対し、少しは恩を感じるだろう。

同時にゴンサロは以前アンドレが報告した話も思い出した。海禁の是非について真正面から論破を試みるより、濡れた荷を乾かしたいとか言って上陸の既成事実をまず作った方が早いとの話だった。秋の大雨が数日続いた翌日、アンドレはマカオの港に強引に船を着け、汪柏《おうはく》という官吏に交渉して荷を乾かすための上陸許可を取った。荷が乾いた後も賄賂にものを言わせて居続け、とうとう居住の許可まで取ってしまった。

嘉靖三十二（一五五三）年の秋、マカオに上陸したゴンサロは、新しく造った簡単な家の庭で、薄緑色の海を見ながらこれからの仕事をどう進めるか一人考えた。自分がジョアン国王より授かった仕事は、明国との交易を正規に開始させ、軌道に乗せることである。

軍人ではないので、明国を武器で占領せよなどという物騒な命令は受けていない。

また、イエズス会にも入っていないことから、明国の民をキリスト教に入信させるという使命を帯びているわけでもない。しかし、交易、軍事、宗教という領域はそう簡単に切り離して考えられるものではないかもしれない。それは、ゴンサロが本国とゴア政庁から持ち出したポルトガルのアジア進出の歴史を記した文書を、最近丹念に読んで感じたことである。

まず今、明朝とポルトガルとの関係がそれほどうまくいっていないのには二つの原因があると感じた。一つはポルトガル側の無知である。その大きな例がマラッカの軍事占領だ。一五一一年にアルブケルクがマラッカを攻撃した時、ポルトガル人の頭にあったのは、モスレムの拠点を粉砕するという一点であった。確かにマラッカ王国はモスレムの国であった。しかし、同時にマラッカ王国は明に忠実に朝貢する国でもあった。マラッカの国王が鄭和の遠征の船に乗ってわざわざ北京の永楽帝に会いに行った話も、ポルトガルに占領された後、逃げ出した王子が救援を依頼するためわざわざ北京まで行った話も後で知った。すなわちポルトガルが十分自覚をしないうちに、明の宮廷ではポルトガルは大悪人になっていたのだ。

もう一つは、軍事力に対する過信である。記録によると一五一四年広東の屯門《とんもん》という地区にある港でアリワルスという商人が交易を始めた。何の商いをしたか記録には書かれていないが、莫大な利益を上げたという。それを耳にしたペレストロという商人が翌年やって来て、これも、なんと二十倍の利益を出したと記録されている。一五一七年ポルトガル軍人アントラッドは屯門に強硬上陸し、交易の開始を要求した。軍船には火砲を積み込み、威嚇のために三発ぶっ放した。当初はこの火砲に恐れをなしたか、目立った反撃はなかったが、一五二二年の六月になって、突如明の軍隊が屯門を囲み、攻撃を開始した。戦いは一時膠着状態になったが、多勢に無勢、すべてのポルトガル人は三隻の軍船に乗り込み、同年九月全員退却した。火砲の威力で簡単に占領できるなどということは、人が無限にいるのではないかと思わせるこの国では全くの幻想であることがよく分かった。

では、どうするか。王直に率いられた倭寇をポルトガルの船で襲って、その成果を明朝に示すのは良い策だが、ただきりがない。最終的には王直をなんとかせねばならないだろう。直接ポルトガル船で王直を明側に引き渡すことは難しいが、何か方策があるはずだ。考えてみよう。

明の国の弱点も考えねばならない。彼らは、自国が周囲の野蛮な国の中で唯一優れた国であるとの強い自負を持っている。しかし、その自負が我々の出現で少し揺らいでいるようだ。彼らが仏郎機砲と呼ぶ火砲、それに時計や望遠鏡。これらを見た時の表情には、驚きと羨望、それに悔しさが見える。それから双嶼で明の民が行っている土木工事を見ると、三角法を使う測量の仕方を全く知らないようだ。原理を正確に知っているのは、ごく限られていても、一度作業に加わった者であれば、道や水路の曲がりの角度を測り、それに基づいて長さや高さを決める術を学んでいるはずだが、彼らは全く無頓着だ。

さらに彼らが驚いた表情を示すのが世界地図だ。鄭和の使節が何度も出たため、彼らの知識は多少広がったようだが、せいぜい印度を取り巻く周辺の地域までだ。あの嵐の希望峰を越えて来た我々の知識の半分もない。これらの知識を正確に取得して、明の知識人に教えることができれば、そう簡単に我々を排斥できないはずだ。これらの知識を持つ者を、どうやって閉ざされているこの国に入り込ませるか。

思い起こせば、イエズス会から派遣されたフランシスコ・ザビエルが明での布教を目指す途中、昨年上川島《じょうせんとう》で亡くなった。そうだ、ゴアの政庁に書面を出し、イエズス会に依頼しよう。イエズス会から、キリスト教だけでなく、ギリシャの昔から我々の民族が習得した幅広い知識を持った宣教師を派遣してもらおう。神を説く前に、我々が持つ知識を説くのだ。これはきっと成功するはずだ。

ゴンサロは粗末な家に戻り、最近入手した中国の茶をいれ、再び庭の椅子に腰を下ろした。

もう一つ答えが出ていない問いがあるのだ。それは日本との交易でどんどん入ってくる銀である。この銀は、我が国にも入ると同時に、生糸や絹織物の対価として明にも入る。今までなかなか許可してこなかったが、この国は間もなく銀の使用を全国的に認めざるを得なくなるだろう。そして絹織物が売れれば売れるほど、この国は手持ちの銀が増えて豊かになる。日本と明との交易で上がる利益を、我々が吸い上げているうちはいいが、その後我が国と明との交易はどうなるのだ。毛織物は多少は売れるだろうが、南が半分暑い国ではそれほど売り上げが伸びるとも思えない。明が交易を渋っているのは、もともと自国でほぼすべてが足りているという発想だ。その国が銀を大量に持っても、なかなか他国から品物は買わないだろう。たまった銀を吐き出させるような商品を考え出さない限り、自分たちがやっている日本と明との交易の代行という役割は、将来的に自国に不利に働く。どうすべきか。

国の中で戦争を起こさせ、武器を売るか。北の蒙古に仏郎機砲を売り込むことができれば、面白いかもしれない。はたまた、印度の宮廷内で使っていたというケシの実の汁を乾燥させたもの、確かアヘンとか言った、あれは癖になるという。あのようなものをこの国に入れてみようか。

薄緑色の海原を見ながら、ゴンサロの頭にはだんだん黒い発想が湧いてきた。

第二十四話　火薬一樽

葉子春はゴンサロから受けた三つ目の指示である尾平の銀の確保に向けて調べ始めたが、なかなかうまく進まなかった。理由の一つは、尾平の立地と採掘の実態である。尾平は九州の主峰の一つである祖母山から流れ出る奥岳川の最上流に位置する。豊後の最南端であり、峠を越せば日向の地である。錫の鉱石が採れることから、大炊介《おおいのすけ》という男が沢に入って調べているうちに銀の鉱脈を見出した。

しかし、そこに至る道は遠くかつ険しく、簡単に人を寄せつける地ではない。本格的に採掘を始めるには、二つの道がある。一つは、大名である大友氏が採掘の権利金を受け取り、資金を潤沢に持つ商人に任せることであり、もう一つは、大友氏が直轄して開発を行うことである。大友義鎮は後者の道を考えた。ただ、採掘から銀に仕上げるまでの行程を熟知した者は豊後にはいない。大友義鎮は石見銀山で経験した者を呼び寄せるよう部下に命じた。

尾平の開発が一挙に進まなかったもう一つの理由は、後に戦国時代と呼ばれるこの時期に、各地の抗争が激しさを増したことである。豊後の大友氏とともに、西国の雄と並び称された周防の大内氏の当主大内義隆は、部下の陶隆房の謀反により自害した。陶隆房は謀反を起こす前に、大友義鎮に書面を送り、義鎮の異母弟である大友晴英を大内家の新しい当主として迎えたいと依頼した。実権は陶隆房が握り、晴英は飾りにすぎないと承知のうえで大友義鎮はこの提案を受け入れた。

陶隆房の謀反の成功と大友晴英の当主擁立により、大友義鎮は博多港を支配し、出入りする船から津料（港の使用料）を徴収し、商いに関銭（取引税）を受け取ることができるようになった。尾平を早急に開発せずとも、大友氏の懐を豊かにできる術を得たのだ。そして、それまで大内氏が支配していた石見銀山への接点も持てるようになった。

その裏では新しく勃興してきた安芸の毛利元就との駆け引きが進むとともに、両者の間の緊張が増してきた。大友義鎮も毛利元就も、謀反を起こした陶隆房の支配がそう長くは持つまいと思っていた。求心力が衰えた大内の領土を、この先大友と毛利で分け合うとの密約を、二者は裏で交わした。ただ、この企てが進み陶隆房が滅びれば、今後は大友と毛利の戦いになることは必定である。そのためにはどう備えるか。豊後の国では水軍を増強するための造船と訓練が進んだ。尾平の開発よりも優先する課題であった。

葉子春は、絹織物の取引を通して知り合った豊後城内の武士数人からの話を寄せ集めて、以上の状況を大筋把握した。尾平の開発が期待どおり進まないのは残念だが、豊後の国が今後銀を潤沢に持てることは間違いなさそうだ。ゴンサロからは、日本との取引ではとにかく銀を確保せよと言われている。その銀は十分に入手できそうだ。

府内に流れる大分川の西岸の茶屋で、葉子春と圓圓が縁台に腰を掛け、茶を飲んでいた。夏がそろそろ終わり、中秋の名月の季節が近づいている。海風が川の水面を渡って頬を撫で、軽くかいた汗を乾かす。

「マラッカや双嶼で湿った夏の空気には慣れているけれど、府内の夏も蒸し暑かった。でもこの頃少し涼しくなって、食べるものも喉を通るようになったわ」

圓圓が葉子春の横顔に向かって話しかけた。葉子春が茶碗を置いて圓圓を見ると、確かに少しふくよかな顔つきになっている。圓圓の手には、食べかけたこの茶店の饅頭がある。

「ここで饅頭を食べたいけれど、一人じゃ食べにくいから私を誘ったのだろう」

葉子春が意地悪く問いただすと、圓圓は饅頭を頬張ったまま肩をすくめた。饅頭を飲み込んでお茶に手を伸ばすと、圓圓は真面目な顔つきで葉子春に聞いた。

「ところで、ゴンサロから指示を受けている仕事は順調にいっているの？」

「大体うまくいっている。ただ、鉄砲や硝石がこれからどのくらい必要になるか、これがなかなか分からない」

「この国の中での戦いが激しくなるか、そうでもないかの予測がつかないということ？」

「いや、そうじゃない。戦いはますます激しくなると思う。特に東国では大きな大名が、時には敵対し、またある時には同盟を結び、最後には自分が生き残るのだという激しい戦いを繰り広げているそうだ。北条、今川、上杉、武田などがその中でも名を知られている武将で、先だって武田と上杉が信濃で一騎打ちをやった。互いに引かず、これからも武田と上杉は激しい戦いを続けるだろうと言われている」

「そんな大きな戦いがもっと起きるようなら、鉄砲も硝石も要るんじゃない」

「武田と上杉の戦いの主力は騎馬隊と歩兵だったそうだ。だからまだ鉄砲はそれほど使われていない。府内の武士たちの間でも、鉄砲については意見が分かれている。あんなものは雨が降れば一発で使いものにならないとか、弾を発射するまで時間がかかりすぎて、敵の騎馬隊の馬の方が速いとか、鉄砲の価値を認めない者も多い。ただ……」

「ただ、なに？」

「ただ、洛中で起きた合戦で、細川春元が鉄砲隊を使って相手の三好長慶を破ったという噂が流れた。本当かどうか分からないが、この消息を聞いた府内の武士の間でも意見が微妙に変わり始めた」

「府内では鉄砲を造っているの？」

「作ってはいる。ただし府内の鍛冶は、鉄砲造りについて、それほど熟練してはいないようだ。西国の堺、近江、それに根来の鍛冶が、競い合って鉄砲造りの新しい工夫を取り入れていると聞いている」

「それでは鉄砲は、これから日本の中でどんどん造られるのね」

「多分そうなる。だからポルトガルからの買い入れは大きくは伸びないだろう。しかし、鉄砲がどんどん造られれば、火薬を作るための硝石か、あるいは火薬そのものが必要となる」

「硝石は日本で採れないといつか言っていたわね」

「そう、今後日本国内でも見つかるかもしれないが、当面はどこかほかの国から持って来なければならない。早めに大量に仕入れれば、鉄砲以上に儲かるかもしれない。マラッカではシャムから硝石を持ち込んでいるという話を聞いたことがある」

　話はしばらく続いたが、饅頭で腹が満たされ、お茶で喉の渇きが癒された二人は、茶店を出て海岸に足を運んだ。港から少しはずれている海岸は、砂地が少し盛り上がり、浜木綿《はまゆう》の白い花が一面に咲いている。遅い午後の浜辺には誰もいない。海は薄い青色で寄せる波に陽の光が斜めに入る。砂地に腰を下ろした二人は、潮の香りを嗅ぎながら両手を大きく空に向けた。

「いいなあ、こんなきれいな浜でゆっくりおしゃべりできるなんて」

「そうかい。ところでマラッカには戻らなくていいのかい」

「母は戻ってきてほしいようだけど、あなたも私ももう戻るところなんてないのよ。海に出てしまえば、海が故郷になるの。私はそれでいい」

「そうか。そういわれてみれば、私ももう戻るところはないなあ」

視線を交わした二人は、そのまま砂浜の斜面に仰向けに横になった。葉子春が伸ばした右手に圓圓の頭がすっぽり入り、圓圓は頭を葉子春に傾け目を閉じた。


府内の城の奥では大友義鎮が、出雲の尼子の様子を探らせた伊東兵之介からの報告を聞いていた。出雲の国の守護大名は尼子晴久であり、備前、備中、備後、美作、因幡、伯耆、隠岐を支配下に置き、大内家の混乱を好機と見て石見銀山に侵入してきた。堺の商人とも繋がっているようで、銀を入手して鉄砲を仕入れたいと動いているようだ。

「尼子の石見銀山に対する執念は侮れません。なんとしても彼の地を支配して、銀をもって国の軍事を固める意図と思われます。すでに手持ちの金で堺からはかなりの鉄砲を入手しておるようでございます」

伊東兵之介は、商人を装って出雲に忍ばせた男を後ろに控えさせ、大友義鎮に現状を伝えた。

「そうか。油断がならぬ動きであるな。ところで尼子の鉄砲隊は、戦場でどのくらいの力を発揮するであろうか」

大友義鎮の問いに一瞬言葉をつまらせた伊東兵之介は、後ろを振り返り、出雲に侵入した男に意見を述べるよう促した。首を低く下げながら、出雲から帰ったばかりの男は低い声で話し始めた。

「それが知りたいところでございます。もちろん、訓練を行う場に忍び込むことはできませんので、町の茶屋などで尼子の武士の話を盗み聞きしておりました。それで分かったことですが、鉄砲隊の訓練がさほどうまくいってないようでございます。一つは、武士がまだ鉄砲を信用していないこと、もう一つは火薬の不足で訓練そのものが十分行われていないことでございます。鉄砲はある。しかし、実際何度も手にして弾を撃って、初めて戦場で使う自信ができると存じますが、数回しか弾を撃ったことがない者に使えと言っても不安に思うだけでございます」

「火薬や硝石が思うように入っていないということか」

「さようでございます。堺でもかなり貴重品で、畿内の大名に分けるだけで精一杯のようでございます」

二人を下がらせた大内義鎮は、天井を見上げながら一人思いに耽った。火薬や硝石は明の船か、ポルトガルの船を通じて入手すべき一番大事な品かもしれない。それにほかの大名が入手しづらいような方策を考えねばならぬ。天井を見上げる時間はかなり続いた。

ポルトガル船が久しぶりに府内の沖に停泊した。明日から船の荷下ろしを始めるという晩、葉子春は船長よりゴンサロからの指示書を受け取った。読み終えた葉子春の顔は一瞬強ばり、じっと目を閉じた。横にいた圓圓が葉子春の表情が尋常でないことに気づき、声をかけた。

「何の指示を受けたの？」

葉子春は黙って指示書を圓圓に渡した。そこには次の言葉が書かれていた。

——次の船で火薬を三樽乗せる。火薬一樽につき、女奴隷を二十人用意せよ。

圓圓も食い入るように読んでしばらく沈黙した後、葉子春に聞いた。

「どうするの」

葉子春は目を閉じたまま、じっと考えに耽った。かつて奴隷の話を屈託のない表情で談笑するポルトガルの館での男たちの顔を思い出した。


この時代の日本は、武田や上杉のような大きな大名間の争いだけでなく、大名に従う各地の国人と言われる勢力間の衝突もあり、武力による抗争が絶え間なく起こっていた。戦乱は農業などの生産活動に大きな負の影響を与え、さらに大雨、旱魃があれば農民は餓死寸前にまで追い詰められた。生き延びるためにやむなく農家の娘は傾城屋《けいせいや》と呼ばれる遊女の家に売られた。そのような事実があることは葉子春も承知しており、特に昨年、一昨年と凶作が続き、売られる女が増えていることも見聞きして知っていた。

一体ゴンサロはなぜ日本で若い女が売られていることを知ったのか。その女をどこに持っていこうというのか。

葉子春は圓圓に聞いた。

「一体ゴンサロは日本の若い女をどこに連れていこうというんだ」

圓圓は少し間を置いて答えた。

「私がマラッカにいた頃、日本の女がオスマンのハーレムに売られた話を、確か聞いたことがある。ポルトガルにも売られたことがあるかもしれない」

「そうか。でも火薬一樽の取引がなんで銀じゃ駄目なんだ。女奴隷を売り買いするというのは、私にはできない」

「私も正直抵抗がある。しかし、ゴンサロの命令ならば、考えなきゃならない」

「ゴンサロの指示であろうが、誰の指示であろうが、人を売る商売はできない」

その言葉を聞いた圓圓は、じっと考えていたが、意を決したように葉子春に問いを投げた。

「でもあなたは今、鉄砲や火薬を売る商売をしている。つまり人を殺す道具を売る商売をしている。それは良くて、これは駄目なの？」

「鉄砲や火薬はそれをどう使うか、持つ人間が判断すればいい。殺さなくともいい。でも人を売るのは悪だ」

圓圓はさらに鋭く言葉を発した。

「あなたはずっと絹の交易をしていたから、交易のきれいな面しか見ていない。でも交易とは人のどす黒い欲望を叶える手段でもあるのよ。私はこの世界に入る時、それを覚悟して入ってきた。あなたは甘い」

「圓圓、君は本当にそう思っているのか。私の思っている世界とは違う世界に生きているようだな」

　二人は一瞬険悪な顔で見つめ合った。先に表情を緩めたのは圓圓であった。

「ごめんなさい。少し言葉が過ぎたようね。悪く思わないでちょうだい」

　葉子春も口元の強ばりを解いた。

「私もつい強く言いすぎた。悪かった」

　二人は見つめ合ったが、再び笑顔には戻らなかった。翌日から始まったポルトガル船の交易は順調に終わり、ポルトガル船は港から出港した。その翌日、葉子春は府内から姿を消した。

第二十五話　梅谷寺の石段

葉子春が府内から姿を消して七年の月日が経った。巌州の梅谷寺の石段を上る一人の僧がいた。正覚和尚と呼ばれているが、かつての俗名葉子春である。

葉子春は府内を去った後博多に移り、明船の来航を待って明国に戻った。真っ先に向かったのが、巌州府の近くにあり、新安江が富春江に変わる地点の船着き場である。父や母、兄や妹はどうしているだろうか。しかし、その一帯は十年前の大洪水で岸は大幅に削られ、かつての船着き場はなくなっていた。周囲の地形もすっかり変わってしまっており、住んでいた九姓漁民の多くにも死者が出て、生き残った者は別な場所に移動したという。

さらに梅谷寺に行ってみてその荒廃した姿に唖然とした。近くに住む人に様子を聞いてみると、道覚和尚が九姓漁民の埋葬を受け入れたために、付近の住民は梅谷寺に埋葬されることを嫌い、ほかの寺に移り、道覚和尚が九年前に亡くなってから、次の和尚のなり手がおらず寺は荒れているという。生死が分からなくなっている父母を探すか、それともこの寺をなんとかするか。葉子春は悩んだ末、父母の行方探しは九姓漁民の陳家の縁戚に当たる人を探して頼み、自分は梅谷寺の本山がある黄山の圓通寺に行き、修行を積み、僧の証明となる度牒《どちょう》を受けた。

圓通寺は葉子春が九姓漁民のいわば賤民の出であることを承知で受け入れ、また梅谷寺が荒廃していることを知って、梅谷寺に行くことを命じた。厳州での九姓漁民の対応も徐々に変わってきており、以前であれば陸《おか》に上がってはいけないとされる九姓漁民の出自を持つ僧が、梅谷寺を預かることに人々の抵抗はなかった。

梅谷寺に戻った正覚和尚は、九姓漁民が亡くなったときの葬儀を行うとともに、父母の行方を求めたが、兄や妹も含めどうやら大洪水の時に亡くなったようであった。大水が舟を襲った時、わずかな家財道具を持って陸に避難することすら躊躇するほど、陸に上がってはいけないという掟は心の中で固かったのか。それとも、舟の中にいれば、流されてもなんとかなると思ったのか分からない。ただ、舟を自分の手足のように扱うことができた父や兄ですら、どうにもならなかったほどの水の流れであったのであろう。親を安らかに埋葬することはできなくなったが、せめて小さな墓くらいはと思い、梅谷寺の墓地に石を積んだ。

親の墓参りのひとつもできなくては一生後悔する、といった茂七の言葉が思い出された。

その茂七も多分この世にはもういないのであろう。寺の本堂の裏にある墓は、かつて金持ちが残した墓石と墓誌が少しあるが、九姓漁民の墓は小さな墳と呼ばれる土まんじゅうか、それすらない墓だ。それらが雑然と散らばり、石は苔むしている。

墓地を歩きながら、府内で圓圓と最後に交わした会話を思い出した。

「あなたはずっと絹の交易をしていたから、交易のきれいな面しか見ていない。でも交易とは人のどす黒い欲望を叶える手段でもあるのよ。私はこの世界に入る時、それを覚悟して入ってきた。あなたは甘い」

心の中にこの言葉がまだ響いているのは、本当のことを指摘された衝撃が脳に刻まれているからだろう。蘇州の沈徹の屋敷で庭を見ながら話し合ったことも思い出した。

「交易とは、人の本性に根ざしたものです。人が新しいものに触れたい、知らない世界を知りたいという欲望を叶える、これが交易だと思います。不治の病を治す薬草がないか、限りなく細くそして強靭な繊維はないか……」

交易という希望に満ちた仕事をしているつもりが、いつの間にか人を殺す武器を売る商人となっていた。その変化を自分で自覚しなかったのだ。奴隷と言われてはっと気がついた。もっと手前で認識すべきであったかもしれない。それとも、そもそも双嶼に足を踏み入れたのが間違いだったのか。いやそうではない。海禁という国の政策そのものが間違っているのだという思いは変わらない。それでは、絹の交易に加えて鉄砲を扱い始めた頃か。しかし、日本から持ち込まれた刀が明で売り買いされているのを見ていたことから、刀と鉄砲の明確な違いを認識することは難しく、武器を扱うことに心理的に大きなこだわりはなかった。そしていつの間にか、硝石だ、火薬だという世界に入ってしまった。

圓圓は黒い部分も受け入れて行うのが交易だと言った。あの口調に、ある種の冷徹さを感じた。その冷徹さは自分が持ちえないものだ。彼女を圓圓と呼んでいたが、本当はもう一つの名であるイレーヌと呼んでいた方が良かったかもしれない。肌の色であれ、宗教であれ、自分たちに属さない人は人間と見ないという感覚は、ポルトガル人のものではないだろうか。この国においても、人を差別する見方はある。現に自分が九姓漁民として受けた仕打ちが、それを雄弁に物語る。しかし、差別により人を排斥することと、人を奴隷として家畜の如く扱うということには、何か大きな違いがあるように思える。自分には人を奴隷として平然として扱うという感覚が異質であるが、彼女にとってはさほど不自然なものではないのかもしれない。

府内にいる時、一度は彼女を妻にと考えて申し出ようかと思ったことがあった。しかし、何か自分と違う、理解できない芯が彼女の中にあると感じて求婚はできなかった。それで良かったかもしれない。

鉄砲については、
「鉄砲や火薬はそれをどう使うか、持つ人間が判断すればいい。殺さなくともいい」
と自分は言った。その時は確かにそう思った。しかし、いざ必要となれば人は鉄砲を使って敵を殺す。自分がその場にいないから、罪の意識を直接持たなくてよいだけのことだ。これがあれば、あなたは人を殺せますよ、と差し出したのが鉄砲なのだ。その結果、自分が売った鉄砲で多分多くの日本人が死んだのだろう。

本堂で釈迦如来に手を合わせ、目を閉じて読経をしている時、時々経を読む自分の声が遠のき、脳に黒い空間が広がる。その暗闇で火花が散り、ババンと音がする。下の方では倒れた数多くの人が、手をわずかに上に伸ばし震わせている。

今は自分が手に染めた黒い交易を贖うために仏道に精進しよう。

梅谷寺がある巌州は、富春江から銭塘江に下り杭州湾に至る航路があるため、情報の伝わり方が早い。ある日、正覚和尚のもとに一つの消息が寄せられた。それは王直が逮捕され、処刑されたというものである。王直は配下の略奪を控えさせつつ、自らの管理下で交易を行えば平穏にできると海禁の解除を願い出たらしい。新たに浙江巡撫となった胡宗憲《こそうけん》は、その願いを受け入れ、明への投降を促した。明へ戻った王直は、しかし捕らえられ、最終的には処刑された。胡宗憲自身は王直の主張に共感するものがあったが、海禁政策を頑強に主張する北京の宮廷の雰囲気を察知し、処刑止むなしと判断したらしい。

正覚和尚は、豊後の大友義鎮が仕立てた遣明船に、王直が平戸から乗り込み、寧波に向かった事実を知った。ポルトガルと大友義鎮のかなり強い関係を思うと、王直排斥を意図したポルトガルの影を感じざるを得なかった。

それからさらに五年の月日が過ぎた。正覚和尚は綺麗になった梅谷寺の境内を見回り、石段の両側に植えてある大きな七葉樹に近寄った。そういえば、この葉が人の掌に七本の指をつけた形をしているので道覚和尚と奇妙な形の葉だと問答したことがあった。和尚は印度で修行された釈迦の話をしてくれた。あれから三十年近い月日が流れている。この木も大きくなるわけだ。時代も大きく変わっていくのだろう。

隆慶元（一五六七）年、明朝はようやく海禁政策を緩和し民間の海外交易を容認した。

しかし、この時開港地に指定されたのは福建省の漳州月港のみであり、また日本を交易相手とすることは引き続き禁止された。

正覚和尚は海禁政策の緩和を聞きつつ、自身が交易を行う者として願っていたことが実現できたことを喜ぶと同時に、反面黒い交易の広がりに懸念も抱いた。

和尚が心配したとおり、明から清に移行するこの国は、まさに黒い交易の場となった。

◎参考文献

『策彦入明記の研究』「牧田諦亮著作集　第5巻」　牧田諦亮 臨川書店
『金銀貿易史の研究』　小葉田淳 法政大学出版局
『日明関係史研究入門』　村井章介ほか　勉誠出版
『倭寇　海の歴史』田中健夫　講談社
『海と帝国』「中国の歴史9」　上田信　講談社
『港町と海域世界』　歴史学研究会　青木書店
『海賊の日本史』山内譲　講談社
『東洋遍歴記』　メンデス・ピント著　岡村多希子訳　平凡社
『鉄炮記』　南浦文之　古典教養文庫
『天工開物』　宋應星　藪内清訳註　平凡社
『日本商人伝』　物上敬　佃書房
『中国絹織物全史』　黄能馥・陳娟娟著　齋藤齊訳　科学出版社東京　国書刊行会
『策彦周良入明史迹考察记及研究』　夏应元・夏琅 中国社会科学出版社

『中国史稿地図集』下册　郭沫若編　中国地図出版社

『明史　列伝第九十三』　朱紈伝　圀學夢

『城市史 双屿：找寻16世纪的上海』　李津逵　澎湃新闻

著者プロフィール

五十嵐 力（いがらし つとむ）

1971年日本交通公社（現JTB）入社、ニューヨーク支店長、JTBアジア社長、JTB執行役員などを経て2009年退職。2011～2016年帝京大学経済学部教授。現在UNWTO（国連世界観光機構）Tourism Expert。千葉県我孫子市在住。

著書：『青き塩』（2020年　文芸社）、『西夏の青き塩』文芸社文庫（2022年　文芸社）、『ソグドの兄弟 ―高昌国悲話』（2022年　東京図書出版）

海禁の島

2024年12月15日　初版第1刷発行

著　者　五十嵐 力
発行者　瓜谷 綱延
発行所　株式会社文芸社
〒160-0022　東京都新宿区新宿1－10－1
電話　03-5369-3060（代表）
03-5369-2299（販売）

印刷所　株式会社フクイン

ISBN978-4-286-25870-6